KB165051

미녀는 하이힐을

미녀는
하이힐을

방 민
수필집

태학사

지난해 발간한 첫 수필집 이후에 쓴 글을 모았다. 처음 낸 수필집은 등단하기 전 습작기의 작품 위주였다. 수필에 뜻을 두면서 한두 편씩 써 두었던 것을 조금 손질하고 다듬어 세상에 선을 보였다. 일 년 만에 다시 묶은 이것은 그 뒤에 주로 쓴 것들이 대종을 이룬다. 작가로 서고 난 뒤에 쓴 것이지만 역시 지난 수필집의 글과 비교하여 더 발전된 면이 있다고 보기 어렵다.

사정이 이렇지만 또 세상에 두 번째 수필집을 내놓는다. 염치가 없는 일인데 핑계 없는 무덤이 없듯 나 또한 그렇다. 이제 환갑은 우리 사회에선 시시한 게 되었지만 올해 내가 맞이했다. 이 책을 세상에 내놓는 가장 큰 이유이다. 또한 등단 후에도 미진한 대로 꾸준히 글을 써왔다는 사실이다. 역량은 미약하나 애쓰는 모습만이라도 보여주고 싶다.

여기 싣는 글 중 일부는 《에세이문학》 카페에 발표한 것인데 얼마간 수정하거나 손을 보았다. 손볼 때마다 글이 달라져서 어느 순간에 멈춰야 할지 모르는 채, 지쳤을 때 끝내는 것이 내 방식이다. 세상에 완벽한 글은 없고 그에 좀 더 가까이 가는 글이 있을 뿐이란 게 평소 생각이다. 그래서 가장 좋아하는 말인 '완성은 하늘의 길이고 그를 향해 노력하는 것은 인간의 길(誠者 天之道也, 誠之者 人之道也)'이란 말에서 솔찬하게 위안 받는다.

나에게 글을 쓰는 것은 살아가는 일과 동행이다. 남과 나누고 싶은 일, 대화의 욕구가 수필을 쓰게 하는 동력일 터이다. 타자와의 너그러운 이해와 진정한 소통을 위해서 쓴다. 내가 독자에게 말을 건네면, 그들은 이에 반응한다. 동의의 시선일지, 역의 응답일지 그건 그들의 일이다. 속마음은 화합할 수 있는 동감의 눈길을 바란다. 그러나 이를 배반해도 섭섭하지 않다.

내가 책을 펴내는 심사心事를 에이브람스의 '거울과 등불'의 네 가지 관점으로 변명하고 싶다. 그 첫째는 표현론으로 나를 위해 쓴다는 것이다. 이를 표현주의라 일컬었는데, 내 삶의 낱알과 의식의 갈피를 드러내는 일이다. 산다는 것의 낯짝이 어떠한지 스스로 의미를 따져보고 싶기에,

무상한 나날을 그대로 흘려보내고 싶지 않아 그런다. 둘째는 효용론으로 왜 그것을 독자에게 공개하느냐의 문제이다. 함께 이 시대를 살아가는 인생 동료들에게 동반자로서 이해를 바라고 공감을 구하려는 시도이다. 첫째가 개인적 삶이라면 이건 사회적 삶이다. 그들에게 섣부른 교훈을 주거나 즐겁게 하려는 것이 본래 시도는 아니다. 셋째는 반영론인데, 내 과거 사연과 현재의 일과 그 사유는 사회의 그걸 담아내고 있다. 이 개인사는 다른 사람들의 삶과 전혀 무관할 수는 없다. 먼 훗날 이 시대를 살았던 한 사내의 삶에서 그 의미와 생활상을 비쳐볼 수 있을 것이다. 넷째는 객관론으로 글이 지녀야 할 요소와 자질을 충실하게 갖추고 있는가 하는 점이다. 문장은 바르게 기술하고 있는지, 어휘의 선택은 적절한지, 문단은 잘 조직하는지, 한 편의 전일체로서 글의 구성은 주제를 잘 살리고 있는지를 따지게 한다. 다른 글과 달리 문학 산문으로서의 덕목을 담고 있는지를 챙겨보게 된다.

좁혀 보면 사람이 산다는 것은 인간끼리의 만남과 사물의 접촉이며 그 관계의 얽힘이다. 다양한 사물을 접하고 쓰면서 다채로운 사람들을 만나며 살아간다. 나의 삶도 그러하고 이 책의 글도 다 이러한 것과의 관계이며 만남이고 그 애증의 기록일 뿐이다.

내 글은 이 사물과 사람과 교유한 기록이다. 이 길에서 따라온 사유와 감상을 정리한 것일 뿐 다른 게 없다. 이것으로 함께 소통할 수 있는 끈이 있고 대화를 나눌 자리가 마련된다. 나는 글로 여기에 대고 말을 건네는 것이고 독자들은 이에 대한 각자의 대답을 가지게 되리라. 이것이 이 시대를 함께 살아가는 그들과 어울리는 나만의 방책인 게다.

인생을 이 지점에서 중지할 수 없듯 글 쓰는 일 역시 멈출 수 없다. 앞으로도 살아야 할 것이듯, 글 쓰는 일 또한 계속한다. 내일 이어질 나의 하루를 기대의 시선으로 바라보듯, 또 쓰게 될 내 글을 기다린다. 어제보다 나은 오늘의 삶이기를 희망하듯, 더욱 좋은 글을 쓸 수 있기를 나는 언제나 소망한다. 이 소망을 곱게 엮어준 태학사 지현구 사장님과 편집진 여러분께 감사의 엽서를 띄운다.

2015년 甲年에
壽峯樓에서, 方旻

👣 명품이 어때서

👣 동물의 사생활

👣 이상한 사람

1부

명품이
어때서

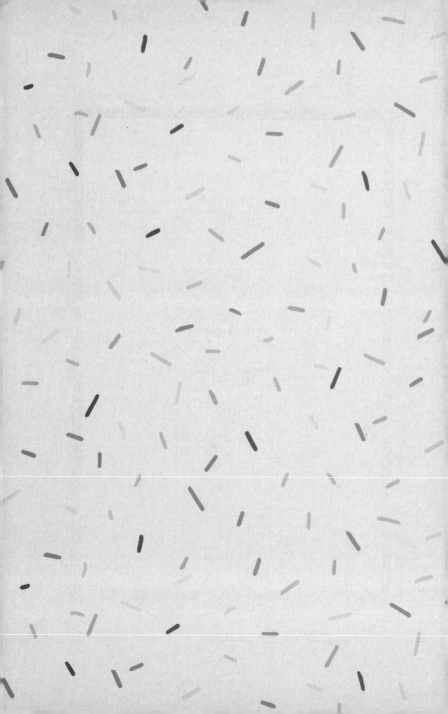

아름다운 손

여자의 아름다운 손을 '섬섬옥수'라고 일컫는다. 섬섬纖纖은 곱고 가는 비단이요, 옥수玉手는 옥처럼 약간 파르스름하게 맑은 빛을 띠는 손이란 뜻이다. 여자 손의 외면적인 아름다움을 비유한 이 말은 형태보다 색상에 초점을 맞춘다. 결국 여자의 손을 어느 것으로 비유한다 해도 곱다는 것을 강조하는 셈이다. 손의 외형상 생김새보다 눈에 보이는 색깔에서 여자 손의 아름다움을 찾으려고 하는 사내들의 시선이 드러난다.

사람의 손을 미감 면에서 보면 특별히 여자가 아름답다고 보기는 어렵다. 다만 사춘기를 거치면서 각각 다른 호르몬의 작용으로 여자의 피부는 남자보다 고울 가능성이크다. 그 결과로 여자 손이 빛깔이나 피부의 탄력에서 남자와 다르게 변하여 그런 차이를 보인다. 여자의 손이 남자보다 아름다운 건 어느 면에서 사실이라 보면 이에 동의하지 못할 건 없다.

여자의 손이 아름다워야 하는가, 라는 물음에는 어떤 대답이 가능할까? 여자를 미적 대상으로 본다면 당연히 그래야 할 것이다. 그 실상 여부와 달리 그 존재에 관한 현상적 인식의 결과이니 당위성을 인정할 수 있다. 왜 여자의 손만 아름다워야 하는가에 대해 의문을 품는다면 어떤 반응이 있을까? 다른 이들은 어떨지 모르나 나에겐 꽤 호기심을 품게 한다. 물가에 외다리로 서 있는 가을철 두루미의 심사를 묻고 싶을 만큼 흥미롭다. 왜 여자의 손은 아름다워야 하는가.

우리 조상들은 여자의 솜씨를 목록에 올려놓았다. 손이 부릴 수 있는 것으로 음식과 바느질 솜씨를 꼽았다. 조리하면서 재료들과 양념을 버무리는 데에 여인의 손맛을 인정했고, 침선針線이라고 여인의 의복 마름질하는 솜씨를 높이 샀다. 여인이 갖추어야 하는 부덕婦德의 필수 기능으로 이들을 요구하고 수련하길 바랐다. 여인이 반드시 집안에서 해야 할 일 중에 으뜸으로 이들을 내세웠다. 오랜 시간 여자 손의 노동으로 이룩하는 솜씨인 것이다.

어떠한 기계라도 쓰다보면 닳게 되고 원래의 고운 모

양이 변하게 마련이다. 하물며 여인의 손이야 더 말해 무엇하겠는가. 음식을 조리하고 의복을 수선하며 손을 자주 쓰다보면 소녀 적 아름다운 여자의 손은 애초의 색과 형태로부터 차츰 멀어진다. 거뭇해지고 거칠어지며 휘어지고 뭉툭해진다. 길고 가느다란 파리한 듯 곱던 손은 연기가 허공으로 사라진 뒤와 다를 바 없이 되었다. 이런 손의 변화는 닭 쫓던 개 지붕 쳐다보듯 한 일이고, 여인 손과 아름다움은 이젠 서로 소 닭 보듯 처지가 달라졌다 한들 이를 반박할 논객을 구하기는 어려울 터이다.

이쯤에서 여인의 손이 아름다워야 한다는 명제는 수정이 필요하게 되었다. 아니라면 여인의 손을 아름답게 유지하기 위해 손에서 음식과 바느질을 금해야 할 것이다. 여인들에게 이것을 계속 맡기면서 아름답기를 바라는 것은 숲에서 고기를 구하는 것처럼 힘든 일이고, 이치에 닿지도 않는다. 그런데도 여인이 아름다운 손이길 바라는 남정네들이 아직 있다면 이에 대한 대책을 내놓든가, 그들의 생각을 바꾸든가 둘 중 하나를 선택해야 함이 마땅하다.

그러하니 아름다운 손에 대한 우리의 인식을 바꾸어야 한다. 손의 원초적 기능이 무엇인가 되돌아볼 필요가 있다. 손은 장식품인가, 아니면 살아가기 위해서 여러 동작을 하도록 기능적 역할을 맡은 것인가. 둘 다 만족스러운 답은 아니다. 태어난 지 얼마 안 된 아기들을 살피는 게 손쉬운 답이 된다. 그들이 꼬물거리는 손으로 무얼 하는가를 보아라. 어머니 젖꼭지를 만지고 가슴을 더듬고 꼼지락거린다. 살기 위한 적절한 도구이다. 손이란 바로 이 도구성이 태생적인 의미임을 부인할 수 없다.

하여 손의 아름다움은 기능적인 충실성에서 찾아야 한다. 손이 타고난 제 역할을 충실히 할 때 분명히 아름답다. 외형적 자태가 아니라 맛난 음식을 만들어 식탁에 올릴 때, 해진 옷을 기워 수선한 옷을 입힐 때 그 손은 아름다운 소임을 다한 자랑스러운 손이다. 손이 타고난 제 기능에 소질을 발휘할 때 아름답다 해야 할 것이다. 아름다움은 진실과 서로 통한다. 진실한 것이 아름답고 아름다운 것이 진실하다. 이 둘을 어찌 떼어놓고 바라볼 수 있는가. 둘이 혼연일체일 때 엄정하고 까칠한 신도 축복을 내릴 게 분명하다.

손의 기능에 충직하기 위해선 피부도 거칠어지고 모양도 바뀌는 대가를 지불하지 않으면 안 된다. 겉의 번지르르함이 아니라 내면의 충실은 바로 이러한 것을 일컫는다. 우리는 이 손의 아름다움을 보아야 한다. 자식의 생계를 위해서 바느질로 굽어진 손마디를 누가 흉하다 하겠는가. 그보다 더욱 아름다운 손을 어디서 만날 것인가. 농부農婦의 손마디가 굵어진 것을 누가 추하다 할 것인가. 노동의 아름다움을 예서 보지 않으면 어디에서 볼 것인가.

참된 인생을 위하여 기꺼이 소임을 다한 손에서 우리가 아름다움을 찾을 때, 여인의 손이 아름다워야 한다는 명제는 수정할 기회를 발견한 것이다. 어찌 여인의 손만 아름답기를 바라겠는가. 글 한 편을 위해 원고에서 수고를 마다하지 않는 작가의 손, 바다의 거센 파도를 헤치고 그물을 끌어올리는 어부의 손, 공장의 기계를 돌리며 기름 때 절은 손이 어찌 아름답지 않은가. 누군가를 위해서 무언가를 위해 손을 열심히 놀릴 때 그 손은 아름답다. 수고하는 모든 손은 아름답다.

조개 이야기

　　　　　　고추를 남자의 상징으로 보자면
여인은 조개로 부른다. 이 또한 형태상의 유사점에 기인하
리라. 외형적인 유사성에만 그친다면 결코 제대로 상징하
는 것이라 보기 어렵다. 겉보기만이 아닌 생태적인 유사성
이 반드시 없진 않겠다. 여자와 조개, 어떠한 근접적인 유
사성이 있기에 여자를 조개에 비유해 왔을까. 심청전에서
심봉사의 아내 곽씨가 딸을 낳자 그는 이렇게 말했다. '묵
은 조개가 햇조개를 낳았군'이라고.

　　조개는 둥글다. 둥글기에 포용적 원만성, 완전한 형태
인 원을 지향한다. 모성이 자라는 소이所以다. 그중에 기다
란 말조개는 일종의 변이형이다. 이게 조개의 원형이 아니
듯 간혹 남성적인 여자가 있기 마련이라 보면, 여성의 본질

은 원형이 분명하다. 얼굴이 동그랗고, 가슴이 둥그스름하고, 엉덩이가 둥글지 않은가. 남자보다 더욱 예쁘게 동그랗다. 이 둥근 형태 안에는 사랑이 담겨 있고, 세상과 남자의 마음을 담아낼 포용과 관용이 자리한다. 여신이 탄생할 수 있는 까닭이다. 평화를 사랑하고 이를 지키려는 게 모성의 본성이고 여성성의 정체라고 말해도 되지 않을까.

조개는 뻘 속에 숨는다. 쉽게 그 정체를 드러내지 않는다. 여자가 속내를 쉽게 드러내지 않는 것이 닮았다. 뻘을 씻어내야 조개를 만날 수 있듯, 여자의 속내를 알아내기 위해선 마음의 뻘을 닦아낼 수고를 아끼지 말아야 한다. 여러 겹의 옷을 몸에 걸치듯, 화장으로 그 속내와 표정을 감추듯, 그들은 화장을 넘어서 변장술에 능하다. 이건 생존을 위한 그들의 내림인지도 모른다. 뻘 속에 깊게 숨지 않으면 그를 노리는 새들에게 맛있는 요리 재료로 인간에게 언제 잡힐지 모르기 때문이다. 조개에겐 뻘 속에 숨는 것이 생존의 필수 요건이 아닌가. 꼭 다문 조개는 마치 입을 오므린 여인네의 입술처럼 그걸 열기가 쉽지 않다. 그건 생존을 위한 본능이니 결코 나무랄 일은 아니다. 어떤 생명체도 생존과 번식을 위한 그들만의 전략이 있지 않겠는가.

어떤 생명체도 존중하고 그 차이를 인정해야 한다. 함부로 조개의 속내를 알려고 해서는 안 되는 이유다. 스스로 열릴 때까지 인내하고 기다릴 줄 알아야 한다. 성급하게 그걸 열려고 칼을 들이대거나 돌로 내려치면 조개의 속살과 껍데기가 함께 상할 수 있다. 둘 다 결코 바람직하지 않다. 스스로 열릴 때까지 기다릴 줄 알아야 한다. 열리면 속살과 빛나는 껍데기까지 함께 챙길 수 있다. 이게 바로 일거양득 아닌가. 이런 인내심을 가진 사람만이 쫄깃한 조개를 맛볼 수 있듯, 여인의 마음을 얻을 수 있다. 몸은 마음 따라 저절로 오는 것이 아니던가. 조개가 충분히 익어서 입을 벌려야 육즙이 흐르는 조개구이를 맛볼 수 있듯, 남자는 여인네 앞에서야 제대로 된 인내심을 기를 수 있다. '인내는 쓰지만 그 열매는 달다'라는 금언이 바로 이를 두고 한 말이 아닐 것인가.

조개는 단단하고 두꺼운 껍데기 속에 숨는다. 외풍으로부터 가녀린 속살을 보호할 수 있기 때문이다. 견고한 패각 안에서 씨를 품고 낳는다. 진주조개를 보아라. 아픔을 창조로 변신시키는 기막힌 변전술에 어느 누군들 놀라지 않겠는가. 여자를 귀히 다루어야 하는 까닭이다. 그들은 내면 어딘가에 진주로 자랄 싹을 모두 품고 있다. 생명을 품을 몸인데, 껍데기라고 함부로 무시하거나 경솔하게 대하는 것은 생명 현상에 대한 대단한 결례다. 인간의 생명이란, 아기는 모두 영롱한 진주 아니던가. 중요한 씨앗을 속에 품었기에 그들은 두꺼운 외피로 그걸 보호해야한다. 이것은 무슬림 여인들에게 종교적 제도화가 낳은 부르카이고 히잡이 아니던가. 조선조 여인들이 장옷이란 껍데기를 쓰고 외출하였던 것도 그다지 오래전의 일이 아니다. 서양식 혼례에서 여인이 면사포에 숨었다가 혼인식에서 그걸 들어 올리는 것은 바로 이것의 약식 제도화이지 다른 무엇이겠는가.

조개는 속살만 쓸모가 있지 않고 그 껍데기까지 유용하다. 이 가치를 알아본 원시인들이 조가비를 화폐로까지 쓰지 않았던가. 이 조가비의 아름다움은 우리의 전통 공예품인 나전칠기에서 얼마나 화려하게 빛나고 있는가. 천연 장식용으로 이만한 걸 과연 어디에서 찾을 수 있나. 이러고 보면 조개는 안팎으로 쓸모가 있다는 말이다. 이 모두 내어줄 수 있는 조개, 다른 말로는 희생할 줄 안다는 뜻이다. 아버지를 위해 희생한 심청마냥 오빠와 남동생을 위해서 얼마나 많은 이 땅의 누이들이 자신을 희생했던가. 목숨보다 소중하게 여겼던 머리칼을 팔아서 남편을 내조한 여인들, 나라를 위해 기꺼이 몸을 바쳤던 논개와 유관순은 바로 희생의 절정이 아니던가.

조개는 물을 그리워해도 결코 따라가지 않는다. 밀물을 반기지만 결코 썰물을 따라가지 않는다. 조개는 자립심이 강하기 때문이다. 한곳에서 나서 그곳에서 정착하려고 한다. 떠나가는 남정네를 향해 진달래꽃을 뿌려줄망정 그 자리를 떠나지 않는다. 남자가 역마살을 못 이겨 세상을 떠돌더라도 그 자리를 붙박이로 지키고 언젠가 떠돌이 남자들이 돌아올 때를 기다린다. 여자도 함께 떠났다면 남자는 결코 돌아올 생각을 하지 않고 바람처럼 영원히 떠돌다 영영 영혼까지 날려 보냈을 것이다. 남자가 영혼을 붙잡아 제자리를 찾게 하는 것은 정녕 여자의 이 붙박이 자립심임을 고마워해야 할 것이다.

이건 그들이 타고난 자생력이 있기 때문이다. 갯벌에서 썰물을 따라 먼 바다로 가지 않아도 살아낼 힘이 있기 때문이다. 조개는 조류 따라 떠다니는 물고기가 아니다. 세상의 조류에 휩쓸려 이리저리 떠다니는 것은 남정네이다. 썰물 따라 나가서 영영 돌아오지 않는다 해도 이어도를 부르며 한탄을 삭일망정 결코 자리를 뜨지 않는다. 제주 섬이 태평양으로 떠가지 않고 여태껏 바다 한가운데 자리 잡고 있는 것은 진정 조개를 닮은 여인네의 힘 덕이다. 제주도 탄생 신화인 선문대 할망이 달리 여신이겠는가.

조개는 눈이 없다. 조갯살의 촉수에 의해서 물때를 알고 나아가고 멈추고 숨는다. 다른 말로 이건 근시안적이란 말이다. 물을 따라 가야 하는 것이 아니니 어쩌면 구태여 눈이 필요 없을지도 모른다. 그러다 보니 여자들은 곧 다가올 내일을 넘어 먼 미래보다 현실에 강하게 집착한다. 바지랑 대에 나부끼는 현실의 집게에 얽매이다 보니 당장 눈앞의 꼬임에 잘 넘어간다. 김중배에 넘어간 심순애가 그짝이고, 젊어 연애할 때 남자의 장래성을 보기보다 겉보기 차림새에 끌려 넘어가 후회하는 여자가 한둘이 아니다. 남자의 허우대 크기만을 바라보고 이를 '루저'라고 공개 발언한 여대생이 바로 이 아닐 텐가. 온달을 따라갔던 평강공주의 혜안은 바닷가 개펄에 널린 조개들만큼 흔하지 않은 일일 뿐이다.

여자를 조개에 빗대도 낯설거나 어색하지 않다. 조개를 겉모양만 아니라 그 생태적인 것까지 참으로 많이 닮았기 때문이다. 맛난 조개가 우리네 식탁을 풍요롭게 하고 미각의 즐거움을 전해주듯, 조개의 특장特長을 닮은 여자가 많아지길 진정 바란다. 유관순이나 평강공주를 그리워해서만이 아니다. 그들이 정녕 행복하기를 바라는 간절한 마음에서 하는 기원 한마디임을 알아주기 바란다. 이건 대부분 고추들도 동감하는 희망 사항이 아닐까 싶다. 조개와 고추가 행복하게 한생을 살고 싶은 욕망은 어디 고추뿐만의 기대일까.

막장 드라마

저녁밥을 먹고 TV 앞에 나란히 앉는다. 드라마를 보는 아내 옆에서 묻는다.

"저 사람이 누구지? 저 여자는? 아니, 저게 말이 되나? 주인공이 아마 다음에는 그 여자한테 찾아갈 거야."

"아니, 가만히 좀 있어요. 그냥 보기나 해요!"

"봐, 내 말이 맞잖아, 내 그럴 거라고 예상했어. 뻔해, 이젠 저 사람 죽을병에 걸릴 걸?"

"보려면 가만히 있거나, 아니면 저리 가요. 보는 것 방해 말고."

드라마를 보면서 아내와 주고받는 말이다.

핀잔을 들어가면서도 별달리 할 일이 없을 때는 좀처럼 떨어지지 않고 옆에 앉아 있다. 자주 그러는 것은 아니나 가끔은 아내와 함께 드라마를 본다. 서로 취향이 달라서 같이 보는 경우는 많지 않아도 따로 볼 게 없을 때는 그리한다. 다큐멘터리나 역사 드라마는 관심 분야라서 따로 떨어져 보게 되지만, 그런 것이 없을 때는 아내가 볼 때 찬조 출연한다.

주말 드라마건 주중 드라마건 그 진행되는 줄거리는 비슷하다. 문학을 공부하면서 그동안 읽어 본 소설과 살아온 경험들이 버무려져 앞으로 펼쳐질 스토리의 얼개가 예상된다. 드라마 작가나 나도 대충 보자면 유사 동업자의 감각으로 그 정도는 통해야 정상일 게다. 그렇지만 이런 동업자의 감각 없이 보는 아내에게 나중에 벌어질 사건이나 방향을 예상해 주는 것은 시청의 몰입을 방해하고, 김빠진 맥주 홀짝이듯 긴장과 스릴을 뺏는 셈. 미리 영화를 보고 그 줄거리를 알려준다면 그건 남의 영화 감상을 방해하는 일이다. 아주 중요한 건 빼놓거나 침묵하는 것이 아니라면 그의 추리와 상상, 호기심을 막는 행위와 다르지 않다.

미리 벌어질 일을 아는 것은 그야말로 '천기누설'에 해당한다. 답을 미리 알고 푸는 퀴즈처럼 맥 빠지는 일이다. 드라마의 첫째는 재미인데, 이 재미를 빼놓으면 드라마 보는 즐거움을 반감시키고도 남는다. 이런 까닭에 방영되는 시간에 꼭 봐야 한다는 '본방 사수'라는 말이 왜 있겠나. 요즘은 지난 것도 얼마든지 다시 볼 수 있는 세상이 되어 바쁘거나 시간이 맞지 않는 사람들에겐 정말로 편하고 좋은 시절임은 분명하다.

그렇다면 결말을 알고 있는 역사 인물에 대한 드라마는 무슨 재미로 보는가. 그걸 알지만 그 과정에서 얼마든지 다르게 처리할 수 있는 부분도 있고, 드러나지 않는 사연을 허구와 상상으로 재미를 가미하기 때문이다. 소위 작가와 감독의 해석에 따라서 끝은 같지만 그 사건 동기와 중간 과정에서 색다른 상상력과 허구로써 즐겁게 만들 수 있다. 이미 역사서에 나와 있는 내용의 드라마가 무슨 재미가 있느냐고 묻는다면, 바로 그 빈틈의 여러 정황에 대한 해석과 의미를 천착하면서 결코 달라질 수 없는 결말에 대한 환상을 맛보는 거라고 답하겠다. 현재의 시대 상황에 대한 가상의 결과를 생각하다 보면 현실의 답답함이나 불만이 다소 해소되는 착각 속에서, 얼마간 나른한 희열에 젖을 수도 있다. 드라마 '정도전'이나 영화 '명량'에 대한 인기와 환호가 바로 이를 입증하는 것이 아니겠는가.

이 즐거움을 강조하려고 소위 가상 사극이나 판타지 사극이 등장한다. 사극의 일부 인물과 행태에 현대의 감성과 오락을 들인 드라마. 이건 사극의 사실성에다 드라마의 허구성을 적당히 버무려서 새로운 형태의 오락 드라마를 만든 것이다. 드라마의 본질인 오락성을 최대한 살리기 위한 고민의 결과가 바로 이런 유類의 드라마이리라. 이것은 내 취향이 아니다. 정통 역사 드라마는 청소년기에 즐겨 읽었던 박종화, 유주현, 이병주, 유현종류의 역사 소설에 탐닉한 감각이 이어진다. 차라리 판타지 역사 드라마보다는 소위 막장 드라마를 아내와 함께 보는 게 낫다.

막장 드라마라 불리는 장르(?)가 있다. 문학도의 입장에서 보자면 이건 현실감이 꽤 부족하다. 이른바 개연성이 아주 적다. 우연성에 많이 의존하는 고전 소설이나 개화기 신소설의 스토리 전개와 퍽 흡사하다. TV의 막장 드라마만은 아직도 근대화가 안 되고 개화기 소설의 수준에 머무는 듯싶다. 스토리 전개에서 사생아나 숨겨진 인물의 등장, 출생의 비밀은 단골 메뉴다. 우연한 죽음과 만남이 빈번하다. 현실에서 그런 일을 신문기사로 만날 수는 있어도, 문학의 질서로 보아서는 위반 사항이 많다. 예상 밖의 전개가 다수이다 보니, 그것도 거의 패턴화가 되다시피 일어나 그다음의 스토리를 알아내기에 집중하거나 긴장할 필요가 없이 쉽게 볼 수 있다. 시청자를 긴장시키거나 작가와 독자의 줄다리기를 통한 흥분과 스릴은 찾기 어렵다.

아내와 막장 드라마를 보는 것은 그녀와 함께 같은 일에 나선다는 것이 부부로서의 즐거움이라고 생각하기 때문이다. 의무이거나 배려라고까지 생각하는 것은 아니다. 중요하고 긴급한 일이 없을 때는 긴장을 풀고 늘어진 상태로 한곳을 바라보는 것이 좋다. 넋 놓고 보다가도 귀에 쏙 들어오는 멋진 대사가 가뭄에 콩 나듯 있기도 하고, 젊고 예쁜 늘씬한 미녀 배우도 나를 보고 웃거나 말하지 않는가. 드라마가 아니면 그 도도한 여배우가 어찌 나에게 무장해제한 채로 웃고 있단 말인가. 현실에서는 언감생심 꿈도 꾸기 어려운 일이 자그만 상자 안에서 가능하지 않는가. 지내고 보면 살아가는 게 어디 소설 속 개연성에 맞는 일이 그 얼마던가. 인생은 우연의 연속이고 리얼리티 부족한 이해 불가능한 일이 하루도 일어나지 않는 날이 그 며칠이던가. 오히려 막장 드라마 같은 나날 속에서 살아오지 않았던가. 그리 생각하면 매번 부딪치는 현실을 드라마 속에서 만난다고, 문학이 어떻고 리얼리즘이 어떻고 따질 게 뭐가 있겠는가. 아내 곁에서 함께 한쪽을 바라보고 간혹 웃어가며 실없는(?) 소리나 해대다가, 지청구를 들어도 좋은 일 아니겠는가.

명품이 어때서

명품 하면 금방 떠오르는 건 여자의 핸드백이다. 고관 부인의 뇌물 목록에도 올라가고, 빼놓을 수 없는 혼수의 하나로 결혼 당사자인 신붓감이나 시댁 예단의 대표적 아이템이기도 하다. 가격도 만만치 않은데도 심심찮게 이와 관련한 얘기를 듣는다.

이 명품 백에 대한 여인들의 소유 욕망은 노소를 가리지 않고 동서양이 다르지 않은 것처럼 보인다. 각자의 금전 소득과 살림살이의 규모와도 무관하다. 뉴스에서 보면, 경기의 호불호에 따라 그것을 소유하고 지키기 위한 고투가 눈물겹기까지 하다. 어려우면 그걸 맡기거나 내다 팔고, 다시 사거나 빌린다. 명품을 계속 소유하기 어려운 사람은 대여점을 이용하기도 한다. 잠시 필요할 때 빌려 사용하고 반

납하는데 그 사업이 짭짤한 사업이란다. 그만큼 수요가 있다는 얘기다.

이토록 명품에 대한 집요한 욕망은 특히 우리나라 여성들이 더한 것으로 알려져 있다. 소위 명품 제조사들은 한국의 여성들을 공략하기 위한 다양한 전략을 짜고 생산과 마케팅에 신경을 쓴다고 그런다. 심지어 명품 투자라는 신종 재테크까지 화제에 오를 정도이다. 물건이란 사서 쓰다 보면 값이 떨어지는데, 이건 가격이 계속 올라도 수요는 줄지 않으니, 일찍 사 놓으면 남는 장사란다. 사용하는데도 값이 떨어지지 않고 오르니, 과거 한때의 아파트와 같다. 아파트를 사면 값이 오른다고 너도 나도 투자를 넘어 투기까지 간 적이 있었다. 여성들이 들고 다니는 핸드백이 이렇다 하니 그저 놀랍다.

그런데 말이다. 이런 여인들의 행태에 장마철 물 구경하듯이 돌만 던질 것인가. 남성적 시각에서 또는 경제적 효율성과 기능적 관점에서 비난만 하는 것이 온당한 일일까? 이걸 수용하고 인정할 방도는 과연 없는가. 여인들과 함께 살아갈 수밖에 없는 세상살이인데 이런 생각을 방치하기만 해서 해결될 일인가. 나는 물론이고, 명품 차를 갖고 싶어 하는 남자들도 적지 않은 일이니까. 이걸 부정적으로만 보는 것도 건전한 태도는 아닐 성싶다.

나는 명품을 소유하고 사랑하는 여인들을 내심 이해해 보기로 했다. 아니 그 욕망의 건전성을 인정하기로 마음을 넓게 갖자고 다짐했다. 이건 뭐 여인들에게 호감을 얻으려는 불순한 수작도 아니고, 남성들의 현실적인 시각에 대한 정면 도전도 아니다. 세상의 사태에 관한 양면성을 이해하고 그에 관한 사유의 변전變轉으로 해명하고 싶다. 어차피 없앨 수 없는 것은 그대로 두면 맘이 불편하여 그걸 해소하려는 심리의 하나일지도 모른다. 이것도 정신적 노화의 하나는 아닐지 알기 어렵지만, 심사가 편한 쪽을 선택하려는 세상살이 타협의 산물이 아닌지 눙치는 셈으로 쳐주기 바란다.

누구나 자신의 인생이 성공하길 바라지 않는가. 행복하게 살고 싶고 남보다 나은 삶을 살아가고 싶은 것은 인지상정이다. 이른바 명품인생을 꿈꾸지 않는가. 인생에 대해 한발 다가서 보기 시작하는 사춘기부터 청년기에 절정을 이루는 생각, 자신의 생에 대한 애착과 집중은 자연스레 명품인생을 누리고 싶어 한다. 그리고 이러한 생각의 유효 기간이 남자보다 여인이 좀 더 길어 보인다. 남자보다 먼저 꿈꾸기 시작하고 더 오랜 기간 이런 꿈을 꾸면서 살아가는 게 여인이 아닐까. 남자보다 사춘기를 먼저 맞은 여인네가 수명도 더 길지 않던가. 노년에 이혼을 요구하는 경우는 거개가 여인인 걸 보면, 죽을 때까지 꿈꾸면서 사는 것이 여인이라고 하면 지나친 성적 편견인가, 아니면 무지한 감성적 단견일까.

얼마쯤 살아보면 알게 된다. 명품 인생으로 살기가 그리 쉽지 않다는 걸, 그리고 그게 아무에게나 찾아오는 게 아니란 걸, 세파에 부딪치며 이리저리 폭풍에 휘둘리면 금세 지치고 현실과 타협하면서 명품인생의 꿈을 자연스레 접게 된다. 처자식의 생계를 책임져야 하는 기본 의무를 빠르게 깨닫게 되는 남자들은 쉬이 명품인생의 야망을 내려놓는다. 하루하루 살기가 버거운데 언제까지 명품 타령만 하겠는가. 현실과의 재빠른 타협과 인정이 더욱 효율적 인생이란 걸 어렵지 않게 터득한다.

명품인생에 대한 욕구가 아직 남았는데, 그 꿈의 한 덩이가 명품 가방에 대한 집요한 몰입은 아닐까? 그거라도 들고 있으면 내 인생이 명품처럼 보이지 않겠는가. 젊은 처자가 애인이 아니라 또래 친구들을 만나러 갈 때, 중년 부인이 동창회에 나갈 때 명품 백 하나 정도 들고 가야 하는 게 아니던가. 타인의 시선에 민감한 그네들, 명품 백으로나마 자신의 삶을 치장하고 싶어 한다고 누가 그들을 향해 돌을 던지겠는가. 그 삶에 대한 지칠 줄 모르는 치열한 욕망에 대해, 명품 백으로라도 자신의 대리 만족을 추구하는 그 열정을 인정해야 되지 않을까.

마누라는 없다

남자가 여자에게 바라는 게 무얼까. 여자와 한 집에서 살아온 지 서른 해쯤 되니 대충 알겠다. 인생살이 동반이지 별다른 게 없어 보인다. 이걸 잘 드러낸 말이 마누라란 명칭이 아닌가 싶다. 여자가 마누라로 바뀌는 자연스러운 그간의 세월이라 해도 샛길로 멀리 빠진 건 아니다.

꽤나 공 들여 모셔온 여자가 마누라로 바뀌어 가면서 아쉬운 게 한둘이 아니다. 동거하기 전에 바라보았던 여자는 간 곳을 모르겠다. 까만 교복 치마와 저고리 위의 하얀 깃에서 뿜어내던 신비함도 날아갔다. 통통하던 종아리를 타고 올라 둥그런 궁둥이에서 눈길을 잡아채던 야릇함도 사라졌다. 촉촉이 젖어 빛나던 입술 사이로 새어 나오던,

귀를 울려대던 두근거림도 숨었다. 길고 고운 손가락으로 전해주던 촉각이 흔들던 심장의 떨림도 걷어가 버렸다.

여자가 좋아 함께 살고 싶어 결혼했는데 그녀가 없어지다니 이 무슨 변고인가. 내가 바라던 여자는 이제 어디에서 찾을 수 있는가. 곁에 여자를 두었는데도 여자가 없다니 이것을 어찌 하나. 아니다, 여자는 분명하나 여자다운 것이 없어졌다. 내가 여자답다고 생각하던 것, 여자여서 바라보던 것을 더 이상 찾아내기 어렵다. 이 여성스러움은 어느 하늘로 증발해 버린 것인가. 결혼과 함께 면사포를 쓰는 순간에 그 속으로 숨어버린 것인가.

여자는 없다. 그냥 나와 함께 사는 한 사람만 남았다. 여자가 아닌 마누라, 나는 여자와 살고 싶었지 마누라와 살고 싶은 것은 아니라는 걸 얼마 안 지나서 깨우쳤다. 집안으로 들어오는 순간 밖에서 그렇게 많이 보던 여자는 신기하게 사라졌다. 집 문을 열고 한 발을 내딛는 순간에 여자는 홀연 자취를 감추고 낯익은 마누라만 보였다.

집 밖의 낯선 여자들은 여전히 나에겐 여자다. 여자다운 것을 가진 여자임에 틀림없다. 세상에 여자가 사라진 것은 아닌데 결혼한 나에게만 진짜 여자가 없는 거다. 아마 내 마누라도 외출하면 다른 남자에겐 여자로 보일 테지. 내가 그러한 것처럼 그네도 누군가에겐 여자일 것이 분명하나 나에겐 이미 여자가 아니다.

누구라도 이런 것일까. 커피 광고 중에 생각나는 게 있다. '애인 같은 아내와 한 잔의 커피를 즐긴다'라는. 아내는 마누라의 점잖은 말일 뿐 역시 애인인 여자와는 다르다는 인식의 표현이 아닌가. 애인 같은 아내, 마누라도 결혼 전에는 분명 나의 애인이었다. 그 애인은 어디 가고 마누라만 남아서 애인 같은 아내를 그리워하며 차를 마셔야 하는지 진정 모를 일이다.

이 딜레마의 해소책은 정녕 없는가. 밖으로 나가 여자를 다시 찾아 나서야 하는가. 안에서도 여자를 발견하려 애써야 하는가. 마누라를 여자로 다시 리모델링해야 하는가. 이제는 여자에 대한 생각을 단념하고 살아야 하는가. 곰곰이 여러 방도를 생각해 보니 해결책은 있다. 그건 여자와 결혼하지 않고 동거인으로만 사는 것이다. 프랑스에 그런 경우가 많다고 들었다. 선진국이니 사고와 행동도 우리보다 선도적으로 나가서 그러한 것일까. 그들도 나와 같은 생각에서 과감하게 행동으로 옮긴 것인가.

결혼하면 여자가 사라지니 아예 여자를 사라지게 하는 그 제도를 없애면 또 하나의 해결책이 되지 않을까. 동성 결혼은 허용하되 이성 결혼은 금지하는 법을 만들면 어떨까. 혹자에겐 너무 과격한 주장으로 들릴지도 모른다. 허나 여자를 없어지게 하는 것보다 함께 이 아름다운 지구에서 살아가려면 그렇게라도 해야 하는 것이 아닌가.

인류의 역사와 함께 이어져온 결혼 제도를 없애야 한다는 나의 의견에 동의할 사람은 그리 많지 않을 것이다. 인류 종속을 위협할 불온한 사상이므로. 이런 생각을 마누라가 혹시 알게 된다면 나에게 그럼 그만 살자고 전격 제안할지도 모른다. 그럼 나는 어찌한다. 여자와 살지는 못해도 혼자 살기는 더 싫다. 그렇다면 아쉬워도 그냥 살아가면서 맘속에만 살짝 품어야겠다. 아니지. 현실성이 없는 생각을 망상이라 하는데, 이에서 빨리 벗어나는 게 더 급선무가 아닌지 모르겠다. 밥술이라도 덜 눈치 받고 때 맞춰 뜨려면.

마누라에게 여자 타령이나 하는 내가 더 우스운 거 아닌지 모르겠다. 여태껏 마누라와 잘 살아오고서 이제 와 여자 정체가 어떠니 하면서 불만을 품는 건 실컷 배불리 먹고 '에, 맛없어' 하고 퉁을 놓는 거와 뭐가 다른가. 그럴 게 아니다. 인생길에 함께 가는 것만으로 만족해야 한다. 산길을 가다 동반자가 안 보이면 이리저리 둘러보는 것처럼, 그냥 옆에만 있어도 다행으로 삼아야 하지 않을까. 저 창밖의 여자를 슬쩍 곁눈질이나 하면서…….

가방과 여인

여자는 가방을 들고 다닌다. 빈 손으로 다니는 여자를 보는 것은 벗고 다니는 그녀를 만나는 것만큼 어렵다. 핸드백이 아니면 비닐 가방, 종이 가방이라도 들고 다닌다. 마치 열애 중인 연인이듯, 몸에 달랑 붙이고 다닌다. 여자가 아니라 가방이 그네를 달고 다니는지도 알 수 없다. 주객전도의 실제 상황을 거리거리에서 쉽게 목도한다. 그런 그네는 간혹 명품 가방에 집착하는 것처럼 보이기도 한다.

들려가는 가방은 자주 입을 벌린 채 다닌다. 비닐 가방이나 종이 가방은 선천적 태생이 벌려 있기에 그렇다 하지만, 다물게 되어 있는 가방도 하늘을 향해 열려 있는 걸 자주 본다. 조신하지 못한 일부 여자들에 국한된 귀여운 나태

인지, 가방이 숨을 쉬라고 아량을 베푸는 공주들의 마음 씀씀이인지 은근히 탐색하고 싶다. 빈번한 그런 현상은 어쩌면 그네들의 천성이라 치부하면 편견적 여성관이라 질타당할 게 뻔해도, 비난을 감수하고 뻗대보기로 하자.

이러한 개방성은 여인의 하의, 치마와도 상관된다고 보면 지나치게 나간 게 될지 모르겠다. 바지에 비해 넉넉한 치마의 형태적 개활開豁을 그네들 사고의 유연성과 결부시키면 어떨지. 의식의 개방을 넘어 성 개방을 먼저 행동화한 것은 이 치마들의 낭창함이 아니었던가. 봄을 먼저 맞이하는 것도 여인들의 치마요, 신 패션을 게 눈 감추듯 끌어안는 것도 그네들의 널따란 치마폭이다. 가방을 열고 다니는 것도 어쩌면 치마와 상통하는 그네들의 태생적 개방성과 자웅동체 아닐까.

가방을 열고 다니는 것은 그 안에 많은 것들을 담고 꺼내야 하는 현실적 기능에 충실하기 위함일 게다, 어쩌면. 지하철 안에서도 가방이 열려 따분한 눈길을 유혹한다. 짐짓 기웃거려 본다. 자칫하면 곤욕을 치를지 모르니 흘깃 아주 빠르게 훑는다. 지갑도 숨어 있고, 화장지도 고갤 내밀고, 분첩인 듯 견고한 몸피에 검은 낯빛 불쾌한 표정으로 째려본다. 어이쿠, 더 이상 눈을 들이대었다간 위태롭다. 남들에게 좋은 구경거리를 제공하기 전에 흥미로운 관심의 촉수를 움츠린다. 눈을 거두니 옆에도 문을 열어놓은 가방이 그네 어깨 위에 걸려 있다.

가방에는 준비물이 모두 담긴다. 집 밖에서 필요한 것들로 채워진다. 대문을 나서면서 귀가할 때까지 그네들이 맞닥뜨릴 여러 상황에 맞게 준비한 물품이다. 그것을 들고 다닐 도구가 바로 가방인 셈이다. 예전 여인들은 보자기를 애용했다. 머리에 썼다가 코흘리개 코도 닦았다가 물건을 담는 그릇으로도 쓰고, 만사형통의 여의주가 따로 없었다. 이런 보자기가 현대 여성들에게는 가방으로 변환하였다. 형태는 세월 따라 달라져도 그네들의 준비성은 대물림되었다. 태생을 바꾸지 않는 한 가방은 그네들에게 필수품 1호다.

그네들은 늘 준비할 게 많다. 크기가 다양해도 언제나 규격화된 가방은 양에 차지 않았다. 커다란 여행가방도 늘 담아내기 모자라 보조 가방까지 들고 낑낑대는 걸 보기 어렵잖다. 가방은 애초에 보자기처럼 융통성은 타고나지 않았다. 현대의 기계 문물이 애용하는 사전에는 융통성이란 단어는 끼일 자리가 없다. 규격화된 제품만이 다량 생산 라인에 탑승할 수 있기 때문이다. 자크와 단추로 가방을 여미는지 그들이 모를 리는 없다. 소용되는 걸 넣다보면 닫을 수 없다. 그렇다고 어느 것 하나 빼놓을 수 없기는 마찬가지다. 차라리 열고 다니는 융통성을 그네들은 택한다. 주어진 현실을 불평하기보단 융통성으로 그걸 감싸 안을 줄 안다. 기계 문명에 반발해보았자 실익이 없음을 눈치채는 약삭빠름은 그네들의 핏줄에 이미 유전된 지 오래다.

핸드백으로 담기 모자라는 짐들이 생기는 정도에 따라 그네들의 이름이 바뀐다. 아가씨에서 엄마가 되었다가 어느 사이 아줌마가 된다. 호칭에 따라 짐들은 불어나서 핸드백을 한 치, 두 치 키워도 어림없다. 그때는 핸드백, 종이봉지, 비닐봉다리로 흥부네 자식 불어나듯 번성한다. 가방의 숫자나 내용물이 풍성해지듯 여인들 마음도 따라서 풍요로워진다. 젖가슴이 남자와 다르게 괜히 부풀어 오르고 출렁대겠는가. 부풀려지는 만큼 그네들의 인정도 사랑도 성대해진다. 그에 기대어 아기들은 자라고 사내들도 세사世事의 고된 혹한을 녹이며 힘을 얻는다.

그네들이 진정 원하는 것은 명품 가방이 아니다. 명품에 과도하게 투신하는 것으로 알지만, 그건 무참한 오해다. 가방보다 그들 자신에 대한 자존의 연분홍빛 열정이다. 자신을 사랑하지 않는 여자는 없다. 거울에 비치는 자기 얼굴을 요모조모 들여다보기 시작하던 어느 날부터 자라난 생의 욕망이다. 그 욕망이 이미지를 필요로 할 때 가방이란 사물이 간택된 게 틀림없으리라. 가방은 여인들에게 또 하나의 다른 얼굴이니까. 자신을 사랑하고 싶은 여자라면 누구라도 가방과의 로맨스에 어찌 빠지지 않을 수 있겠는가.

머리칼에 부는 바람

            남자 얼굴에선 수염이 난다. 코 아래와 입술 언저리에서 또는 턱과 그 주변의 뺨에서도 털이 자란다. 이걸 기르는 남자와 면도기로 빡빡 밀어대어 말끔하게 다듬는 세일즈맨이 있다. 지역과 종교에 따라서도 차이가 난다. 자율선택이든 강제적 문화선택이든 남자들 사이에는 수염을 기르는 남자와 그걸 깎는 남자로 나뉜다.

    여자 얼굴에선 수염이 나지 않는다. 미세한 솜털이 있다. 이걸 수염이라곤 부르지 않는다. 남자와 아주 다른 점이다. 남자처럼 여자를 구분할 수 있는 얼굴의 차이는 무엇이 있는가. 그들도 얼굴, 정확히는 머리에 난 털, 머리칼을 기르는 여자와 자르는 여자의 둘로 나뉜다. 예외는 오로지 남녀 똑같이 이 머리칼을 밀어버리는 종교 수행자가 있을 뿐이다. 그 외의 여자는 이처럼 머리 긴 여자와 짧은 여자가 있다. 이 역시 머리를 결코 자르지 않는 여자들이 사는 곳과 자율적으로 머리를 자르든 기르든 선택하는 곳이 있다.

남자의 수염과 달리 여자의 신체적 특징으로 머리칼을 꼽아도 하등 걸릴 것은 없다. 이 머리칼은 여자에게 과연 어떠한 의미인가. 이는 그들의 자존심이다. 외향적으로 그들을 드러내는 신체적 상징이다. 짧거나 길거나 차이가 없다. 과거 왕조 시절의 여인들은 가체(加髢)라는 가발을 머리 장식에 사용하였다. 이건 여자들이 얼마나 머리에 집중하는가를 가늠하는 역사적 사례의 하나일 따름이다.

여자 얼굴의 핵심은 어딜까. 반짝이는 눈일까, 붉은 입술일까, 뺨일까, 코일까. 아니다, 가장 위에 있는 머리라는 게 내 판단이다. 아니 틀렸다. 다른 곳은 맘대로 손대기 어렵지만 머리만은 손을 쓸 수 있기에 아름다움을 가꾸는 핵심이 된다. 타고난 용모의 숙명을 거역할 순 없다. 이 숙명을 거스르는 성형은 그래서 비도덕적이고 인간적이지 않다. 하지만 머리만은 맘대로 조종할 수 있다. 머리의 조종 가치를 알고 난 뒤부터 여인은 자신을 가꾼다. 아니 자신의 여성성을 이 머리에 대한 인식에서부터 터득하기 시작한다고 보는 게 옳다. 여자 얼굴의 미모를 시작하는 것이 머리칼이고, 완성하는 것 역시 머리칼이란 말이다.

머리칼은 계속 자란다. 자란다는 것은 매일 변화한다는 것이다. 이 변화에 맞추어 매일 머리를 매만져야 하는 여자는 그에 익숙하다. 머리의 변화를 언제나 경험하기 때문이다. 시대의 변화에 민감하게 반응하는 것은 남자가 아니라 여자다. 이건 머리칼로부터 익힌 솜씨다. 남자의 수염은 뻣뻣하지만 여인의 머리칼은 부드럽다. 여인의 맘씨가 부드러운 것은 매일 부드러운 머리를 만지기 때문일 것이라는 내 생각이 편견은 아니다. 남자들이 여인의 긴 머리를 유독 좋아하는 것은 바로 이 부드러움을 사랑하고 싶기 때문이다. 부드럽지 않다면 아마도 여인을 사랑하는 마음이 꽤 줄어들 것이다.

여 전사는 결코 남자들의 사랑을 받기 어렵다. 머리를 짧게 깎은 여자는 전사를 떠올려서 남자들의 사랑을 얻기 어렵다. 그건 남자들과 함께 싸우자는 외형적 표시와 다르지 않다. 누군들 적을 사랑할 수 있겠는가. 적을 사랑해서는 전쟁에서 승리할 수 없다. 여자여, 남자로부터 사랑을 받고 싶다면 머리부터 길러라. 이것이 나의 사랑스러운 여자에게 보내는 충고다.

자기를 사랑하는 여자치고 머리칼을 함부로 대하는 여자는 없다. 세상이 싫다고 하는 여자는 머리부터 자른다. 그건 세상에 대한 복수를 감행하는 일이다. 세속을 떠나는 여자가 머리를 자르거나 머리칼을 숨긴다. 그건 남자로부터 자신을 소외시키는 일이다. 무슬림 여자의 머리 수건은 결코 집안에서는 하는 일이 없다. 외출하였을 때만 허용되는 옷차림이다. 외출로 세상 속에 섞이지만 그런 차림은 결코 세상에 속하지 않겠다는 그네들의 다짐이다. 세상이라 말할 수 있는 외간 남자들로부터의 철저한 격리를 뜻한다. 심경의 변화가 왔을 때도 여인들은 머리칼에 손을 댄다. 이걸 드러낼 적당한 것은 머리칼밖에 그들이 소유하지 못했기 때문이다. 변화무쌍한 젊은 여인들이 많이 사는 곳에서 미용실이 성업하는 것은 이 때문이다.

여인의 마음을 갈대라고 부른다. 변화의 폭과 깊이를 예측할 수 없기에 그러하리라. 셀 수 없을 정도로 많은 머리칼이 만드는 변화를 생각해보라. 왜 여인의 마음이 그리 수시로 변화가 많은지 머리칼의 숫자를 헤아려 본다면 답을 얻을 수 있으리라. 나르시스는 자신의 얼굴을 사랑하다가 연못에 빠져 죽었다. 여인이라면 자신의 머리칼을 사랑하여서 바람에 날려 갔을지도 모른다. 바람에 날리는 머리칼을 붙잡으려 하다가 산정에서 불어오는 거센 바람에 날려가 버렸을 것이다.

이 머리칼이 변하면서 여인들의 가정과 사회적 위치는 함께 병행하며 변화해갔다. 자유스러운 머리칼의 웨이브는 기어코 '자유부인'을 탄생시키지 않았던가. 자유부인으로 자유가정이 생기며 사회는 변화의 흐름을 타고 말았다. 이로부터 머지않아 여인들이 하나둘씩 가정의 울타리에서 사회의 세파로 밀려나오고 걸어 나왔다. 직장 여성과 독신녀가 늘어나고 이에 맞추어 이혼녀와 홀어미 가정이 생겨났다. 이 어찌 머리칼의 변화와 무관하겠는가. 하면 머리를 땋거나 쪽찌던 시대의 남자들은 얼마나 행복하였을까. 머리의 변화가 없으니 여인의 마음도 변화가 없었으리라. 일편단심의 일부종사는 이 머리칼의 고정형태에서나 가능했으리라.

여인들 싸움의 끝은 머리끄덩이를 잡아당기는 일이다. 누구 손아귀에 머리칼이 많이 잡히느냐가 승패의 분수령이다. 어떠한 말을 주고받거나 상관없이 많이 그러쥔 손아귀가 승리의 깃발을 뽑은 셈이다. 남자의 싸움은 코피가 누가 먼저 터지느냐로 결정되는 것과 비교하면 분명 그 정체가 드러나리라. 남자에겐 코가 자존심의 상징이라면, 여인의 자존심은 결단코 머리칼에 있다. 머리칼을 서로 뜯지 않고 평화롭게 사는 아름다운 여인을 보고 싶다. 타고난 색상의 머리칼을 부드럽게 날리면서 바람 부는 언덕에 서 있는 모습을 자주 보고 싶기 때문에라도.

미녀는 하이힐을 신는다

하이힐을 벗은 발을 본 적이 있는가, 그대는. 아니 여인의 발, 어머니나 누이 혹은 딸의 맨발을 본 적이 있을 테다. 그때 아름다움을 느낀 적이 있는지 묻고 싶다. 변태가 아니고서 이 물음에 '예스'라 답할 사람은 없으리라. 물론 예외적인 사람이 있을지는 몰라도. 아무리 아름다운 여인일지라도 발만은 미의 품목에서 제외할 수밖에.

남녀를 불문하고 신체의 보기 싫은 부분을 꼽으라면 그 1순위가 아마도 발일 것이다. 사람의 발은 신체 중에서 아름다움과는 거리가 멀다. 이 점은 미인도 예외가 없다. 발의 신체 기능에 견줄 때 미의 관점에선 낙제점을 면하기 어렵다. 발만 따질 때 네 발 짐승의 발보다 훨씬 뒤처진다. 돼지 발만도 못한 게 인간의 발이다. 균형 잡힌 손가락과 달리 고유한 기능성에 충실할 뿐 발은 도저히 아름답게 보아줄 수 없다.

누구라도 못난 것은 감추고 싶다. 발에 버선을 신는 것이 오직 발의 보호와 추위 때문일까. 아닐 게다. 그것보다 먼저 보기 싫은 부분을 감추려는 본능적인 무의식의 발로라고 본다면 지나친 나만의 억측일까? 아래로 삐져나온 형추形醜를 위장하기 위해 외씨버선을 만든 것은 우리 조상들의 미감美感이 아닐지.

당신은 혹 발가락 양말을 신은 발을 본 일이 있는가. 그 흉물스러움은 진정 외면하도록 자극적이고 메스꺼움을 유발하게 한다. 참으로 볼썽사나웠다. 무좀을 방지하기 위한 기능성을 살린 것이고 그 효과가 좋다고 착용한 남자는 말했다. 그보다는 차라리 맨발이 더 보기 낫다. 그나마 맨발보다 원피스 양말을 신은 게 상급이다.

양말로라도 튀어나온 발의 앞쪽은 가릴 수 있다. 그런데 발의 뒤쪽은 어찌할 것인가. 미학적 관점에서 이 문제를 일거에 해결한 것이 바로 하이힐이다. 여기서 하이힐의 탄생 동기나 사회적 배경 따위를 언급함은 그야말로 헛소리에 불과하다. 덧붙이건대, 하이힐이 유발하는 발과 다리의 건강 문제는 잠시 접어도 좋으리라. 힐의 뒤쪽에서 상부로 오르는 유선형의 몸체를 자세히 보아라. 여체의 유선형 몸체와 에로틱한 연결이 얼마나 자연스러운가. 여인의 뒤태는 하이힐의 라인으로 아름다움이 완성된다. 감추고 싶은 추한 뒤꿈치를 에로틱으로 변장한 하이힐은 여인의 후면미를 결정짓는 핵심 포인트가 된다. 하이힐의 요염한 미적 라인과 그로부터 종아리를 거쳐 허벅지를 지나 여인의 엉덩이로 오르는 그 선의 유려한 매치는 여인 뒤태 아름다움의 정점이다.

왜 여성들은 하이힐을 선호하는가. 신체적인 고통과 건강상의 문제를 야기함에도 줄지 않고 하이힐을 애용하는가. 마침내는 발의 기형까지 필지必至하는 고행을 감내하면서 그녀들은 힐을 신고야 마는가. 여인의 전면의 미는 봉긋한 가슴과 동그란 얼굴이 대표한다. 얼굴의 콧날과 하이힐의 구두코는 전면에서, 엉덩이와 종아리와 대비되는 하이힐의 상향 곡선은 후면에서 여인의 시각적 미를 완성한다. 아름다움을 추구하는 여인은 하이힐의 이 매력을 결코 외면할 수 없기에 정녕 그러하리라.

여체를 적당히 감춤으로써 은은히 풍기는 전래 조선 여인들의 한복에서 오는 미, 이와 대조적으로 여신女身을 최대한 드러냄으로써 발산하는 양장의 도발적인 미, 신발코가 보일 듯 말 듯 감춰지며 살금살금 드러나는 치마의 여인과 종아리와 허벅지를 맘껏 노출하며 시위하는 미니스커트의 여성, 양자가 추구하는 미는 해와 달이 된 오누이처럼 영영 만날 수 없을 게다.

전래 동화 〈신데렐라〉와 〈콩쥐팥쥐〉는 이 여인네의 신발 이야기다. 동서양과 고금을 막론하고 여인에게 신발은 감추고 싶은 발의 껍질이다. 전족의 슬픈 기원은 혹 아닐지, 여자가 사내 앞에서 제일 감추고 싶은 발, 그를 숨길 수 있는 신발의 선택, 여인은 사내 앞에서 그 발을 드러내 신을 신어야 한다. 그런데 남자가 발의 외피로 여인을 선택한다는 것은 매우 의미심장한 에로틱한 아이러니다. 이 발을 보며 여인을 선택하는 남자는 그 추함도 감싸 안으며 사랑하겠다는 다짐이 아닐까? 신발로 발을 싸안아 감추듯이, 남자는 선택한 그녀에게 신발을 내민다. 남자를 버릴 때 여자는 신발을 거꾸로 신듯이.

타인에게 자신의 자잘한 소지품을 감추고 싶을 때 여인은 핸드백을 든다. 단순한 기능에 비해, 여성들의 손가방 집착의 강도는 다이아몬드를 능가한다. 구두에 대한 욕구와 핸드백에 쏠리는 열망, 그 무의식의 샘은 아마도 동일할 터이다. 뾰족구두와 핸드백은 한통속이 아닌가. 무언가를 감추면서도 그것을 아름다움으로 역전시키고자 하는 미에 대한 본능적 추구, 여인의 생래적 이중성에서 기인한다 하면 지나친 성적 편견일까?

입술의 색상과 하이힐의 곡선은 미녀에겐 원초적 욕망이 아닐 수 없다. 아름다운 여인은 현란한 루주로 입술을 강조하고 빛나는 색상의 하이힐로 그 아름다움을 지킨다. 어울리는 핸드백을 든다면 금상첨화이리라. 단연코 미인은 진정 하이힐을 사랑하지 않을 수 없다.

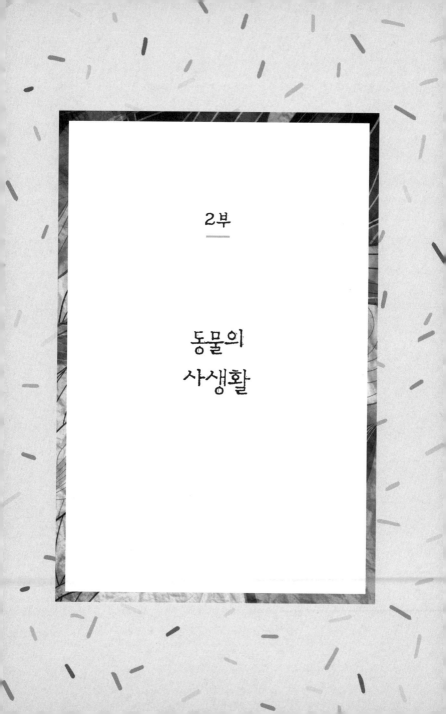

2부

동물의
사생활

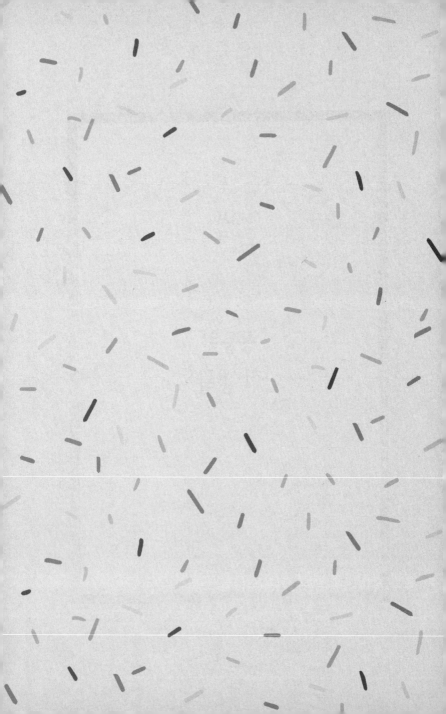

동물의 사생활

　　　　　　　　　　임플란트 시술을 받았다. 음식점
에서 난 사고였다. 어금니가 부서져 다른 방도가 없어 그리
하였다. 시술을 받기 위한 사전 준비 상태에서 엑스레이 사
진촬영을 두 번 했다. 한 번 찍고서 마우스를 입에 물고 40
초간 가만히 있으라고 간호사가 말했다. 두 번째 찍기 위해
서 준비 시간이 필요한가 보았다. 그런데 그동안, 딱 40초
를 가만히 있는데 그것이 상당히 어려웠다. 이렇게 오랜 동
안 꼼작 말고 있으라는데, 멀쩡한 의식이 있는 상태에서 무
척 힘들었다.

　　그 40초를 기다리는 순간에 나무 생각이 났다. 왜 그 순
간에 뜬금없이 나무가 떠올랐는지 모른다. 그 40초가 지루
해서 견디다가 나타난 망상일 게다. 나무들은 언제나 가만

히 있는데 그것이 얼마나 힘들까 하는 데까지 생각이 미쳤다. 어떤 것은 직접 경험해봐야 실감하는 게 있다. 인간이 아무리 사고의 동물이고 이성적으로 판단하고 세상을 인지한다 해도 이런 경우처럼 부닥쳐야 확실하게 느낀다. 이성과 감성은 다른 방식으로 인간을 지배하는가 보다.

동물인 난, 움직이는 게 쉬운 일이다. 아니 한시라도 가만히 있기 어렵다. 앉아 있어도 눈은 쉴 새 없이 깜박인다. 손도 그냥 두지 않는다. 무언가를 만지거나 꼼지락거린다. 숨을 쉬는 거야 몸 안의 일이라 그런다 하지만 겉으로 보이는 것은 늘 움직이며 산다.

동물의 상대는 움직이지 않는 정물이다. 그림을 그릴 때 대상이 되는 정물들, 곧 꽃병이나 책상 등은 생명 현상이 없는 무생물이다. 생명 활동을 하면서도 동물과 달리 움직이지 않는 식물, 사실 식물도 엄밀히 말하면 움직인다. 다만 인간의 감각으로 그걸 보지 못할 뿐. '식물의 사생활'이란 비디오에서 미세한 그들의 움직임을 보고 얼마나 신선하게 놀랐던가. 그들도 생명 활동으로 움직인다. 다만 활발한 동물의 움직임과 달리 정지 상태인 듯 가만히 있는 것처럼 보일 뿐이다. 아니 육안으로 볼 수 없을 따름이다.

식물처럼 가만히 있는 게 어렵다는 걸 40초의 정지 요구를 지키려 애쓰던 그 순간에 깨우친 셈이다. 임플란트 시술을 겪고 나니 식물의 견고함, 그 침묵의 정지가 경탄스럽게 느껴졌다. 나무들은 어찌 그렇게 있을 수 있는가. 나무처럼 가만히 정지하고 있는 사람, 수도승의 모습이 떠오른다. 인간 중에서 아주 특수한 몇 사람만이 할 수 있는 침묵과 정지 행위, 가부좌를 하고 앉은 수도의 자세, 이 수도의 자세가 식물은 출생부터 종생까지 한결같다. 이 얼마나 놀랍고 위대한 일인가.

움직임이 가장 활발한 어린아이들을 생각한다. 그리고 움직임이 둔한 노년의 생활을 떠올린다. 태어나서 움직이기 시작해서, 물론 태중에서부터 생명이 잉태된 그 순간부터 끊임없이 움직이고, 모태를 벗어나서는 본격적으로 활동하기 시작한다. 그 활동성이 오르락내리락하다가 노년으로 갈수록 동작이 둔해지고, 활동량이 떨어지고, 점차 나무처럼 되어 간다. 움직이고자 하는 활력이 떨어진 것일까.

아닐 게다. 그것은 나무의 미덕을 배워서 안으로 내적 성숙을 이루어가고 있는 거다. 달리 보면 수도의 자세로 돌입한 것이다. 수도가 완성되는 것, 모든 움직임이 정지되는 것, 그것을 일반적으로는 인간의 죽음이라고 부른다. 동물은 식물을 점차 닮아 간다고 보아도 되지 않을까? 그래서 완전히 닮았을 때 다른 세계로 간다. 움직임이 없는 정지의 세계, 결국 동물도 식물이 되는 것이다. 그래서 사망하기

전의 고요한 상태로 식물인간이란 말도 있지 않은가. 모든 예술은 음악을 지향한다고 한다. 이 말처럼 모든 생명체, 특히 동물은 식물을 지향한다고 말해도 되지 않을까?

나도 점차 식물을 닮아 간다. 나이가 들어가면서 움직임이 느려진다. 아니 점차 움직이기 싫다. 재빠르던 동작도 조금씩 굼떠진다. 가만히 있고 싶다. 멍하니 오랫동안 나무를 바라보거나 산을 쳐다보는 일이 늘어난다. 그렇게 망연히 바라보는 것이 좋다. 그러면 이것은 수도의 완성으로 가는 길일까, 죽음으로 가는 노정에 들어선 것일까? 둘 다 해당하는 일일까? 아니면 또 다른 형태의 삶의 변주일까? 이것을 알아내려고 가만히 식물처럼 앉아 사색에 잠겨본다.

나무의 개성

　　　　　　　　나의 일터에 운동장이 있다. 그 둘레에는 느티나무가 여러 그루다. 수령은 알 수 없지만 크기로 보아서 수십 년은 넘는다. 사는 곳인 인수봉로에는 가로수가 은행나무다. 이곳도 거리에 따라서 어린 나무도 있지만 큰 나무 역시 수십 년 이상의 나이를 먹은 듯하다. 일하는 곳의 나무와 사는 곳의 나무이니 별다른 이유 없이도 두 곳의 나무를 자주 보게 된다.

　가을의 풍경이 두 곳 다 근사하다. 느티나무의 색상은 노랗다기보다 누우런 쪽에 가깝고, 거기에 약간의 불그스레한 빛도 섞여 있다. 햇볕을 받는 정도가 다르니 나뭇잎마다 단풍의 색상이 동일하지 않다. 동네의 은행나무는 단색의 노란 옷을 입었다. 잎들마다 색상의 차이는 맨눈으로 보기에는 별로 달라 보이지 않는다. 그렇지만 같은 도로가에 있는 가로수인데, 단풍이 드는 시기가 다르다. 어떤 곳의 은행은 벌써 노랗게 옷을 갈아입었는데, 거기서 멀지 않은 곳의 나무는 아직도 푸르스름한 빛을 띠고 이제야 늦게 물들어가기 시작한다.

나무마다 단풍의 색이 다르다. 나무의 품종이 다르고 사는 곳이 같지 않으니 그렇겠다 싶다. 자세히 보면 나무마다 다른 것이 아니라 잎마다 다른 것을 발견한다. 하나의 단풍잎도 역시 살펴보면 위와 아래가 다르고, 앞과 뒷면이 다르며 잎맥과 잎면의 색이 다르다. 현미경으로 관찰한 것이 아니라 육안으로 보아도 그렇다. 제각기 다른 걸 보다가 아하, 나무도 개성이란 게 있구나 하는 생각에 이른다.

진작 지니고 있던 나무들의 개성을 단풍을 보다가 늦게 깨우친 것에 불과하다. 그동안 모르고 있었지만 나무들마다 특유의 다름을 지닌 것을 못 보고, 몰랐을 뿐이다. 사람만 개성이 있는 것으로 알고 무심코 살아왔었는데, 어느 순간에 단풍 든 나무를 보다가 이를 발견한 셈이다. 뉴턴도 사과가 떨어지는 것을 보다가 만유인력을 발견했다고 했던가.

그저 땅에 뿌리를 내리고 한곳에서만 살다 가는 나무도 개성이 있을 수 있다는 것을, 아니 개성을 지니고 산다는 것을 깨우치고 나니 나는 어떠한지 돌아본다. 나무 정도의 개성이 있는지, 그에 미치지 못하는지, 그 정도는 넘어서 살고 있는지 자문한다. 혹시 있다면 무얼까?

개성이 있다는 것과 개성적으로 사는 것은 다를 것이다. 혹은 개성적으로 사는 게 잘 사는 것인지도 분명하지 않다. 나무의 개성을 돌아보면서 내가 개성이 있는 것은 잘 모르지만, 개성적으로 살고는 싶다. 이 '개성적'으로 사는 게 무엇인지 이제부터 곰곰이 궁리하면서 나무처럼 제 색깔로 물들며 그렇게 살아가고 싶다.

꽃과 과일나무

　　게발선인장이 꽃을 피웠다. 연분홍의 색깔이 은은하니 햇살이라도 받으면 아주 곱게 비친다. 연분홍 치마가 제격인 봄이 아니라 한겨울에 창 앞에서 피었다. 이름처럼 꽃을 달고 있는 작은 잎줄기는 넓적하니 좁고 긴 게 발 모양이라 그런 이름을 얻었나 보다. 게 발만 보아서는 그런 꽃을 연상하기 어렵다. 깊어진 겨울에 보는 꽃이라 눈 속의 매화는 아닐지라도 무척 반갑다. 겨우살이에 고단할까 나에게 위로 방문한 정겨운 친구 같기만 하다. 한 몇 해 전 고향에서 얻어 온 거였는데 해마다 이렇게 집안을 밝혀 준다.

　　제라늄도 그랬다. 지난봄 외출했다가 손수레에서 한 분을 사와 창밖에 두었는데, 한 번 꽃을 피우더니 쉴 새 없이 반갑게 인사했다. 지치지도 않는지 꽃이 지기 전에 또 다른 꽃대가 얼굴 한가득 웃어가며 다가오길 그치지 않는다. 고운 꽃을 달고 있는 제라늄도 줄기와 잎은 참으로 볼품이 없다. 분홍색 꽃에 견주면 쭈그렁 할멈처럼 초라하게 보인다. 잎만 보아서는 피어날 꽃을 예상하기 어렵고, 꽃을 달고 있는 모양을 보면 저게 과연 제 꽃이 맞는가 하는 의심을 떼어내기 힘들다. 이렇게 말하면 괜한 질투심에 억지 모함한다고 제라늄이 나를 미워할지도 모르겠다.

대추는 차로 달여 마셔도 좋고, 한약에는 빠지지 않는 단골 약재로도 잘 쓰인다. 제사상이나 차례상 어디에도 사철 결코 빠지지 않는 과일이 바로 대추이다. 크기로 보면 사과나 배보다는 작지만, 그 맡은 몫이나 위상으로 치면 이들에 비해 하질은 아니다. 오히려 인생 대사인 혼례식 자리에서도 다산의 상징으로까지 그 일터를 넓힌 것으로 보면 상객 한 자리쯤 챙겨주어도 뭐라 시비하기 만만찮다. 그런데 대추알에 비하면 그 줄기라는 것은 이리저리 휘어진 데다 가시까지 달라붙어 관상이나 정원수로 자리 잡기는 눈치보기에 더 바쁘다.

감이 달린 나무는 풍요로운 가을 풍경의 대표격이라 해도 누가 뭐라 할 말이 없을 것이다. 초가집 굴뚝에서 연기가 오르는 사이로 감나무가 반짝이며 석양에 물들어 갈 때

노란 색감이 주는 아늑하고 따스한 느낌은 추경秋景의 절정에 이른다. 이런 풍경에 잠긴 마을은 평화가 늘 강물처럼 흐를 것만 같다. 감은 종류도 많아서 식용의 범위가 넓은 잎까지도 차로 쓰이는 데 비해 나무는 가지가 쉬 부러지는 데다 줄기 표면만 보아서는 피부병 질환이 꽤 깊어 보인다. 껍질까지 군데군데 벗겨지고 병색이 깊어 죽은 줄로 알고 베어낸들 어디 관공서에 억울함을 하소연하기도 민망스러울 정도이다. 감나무는 외모만 보자면 잡목에 지나지 않는다.

제라늄과 게발선인장 꽃만 그런 게 아니다. 모양과 색이 예뻐 사람들이 좋아하고 향기가 그윽해서 사랑하는 꽃들은 대부분 그 외양은 꽃에 비해 볼품이 없어 보인다. 과일나무도 이와 유사하다. 사람들에게 유용한 열매를 달고 있는 나무들도 역시 그 모양새로는 젬병이다. 초록빛 잔디밭과 어우러져 고대광실 정원수가 될 수 없는 그들은 산비탈이나 너른 밭 가운데 터를 잡고 그들만의 고적한 삶을 가꾸어 간다. 보아주는 이가 없다보니 여로에 지친 나그네나 눈길 한번 줄 뿐, 권태로운 개들마저 외면하기 십상이다. 오로지 고독한 도인처럼 자신들의 사명에 충실하다.

꽃은 예쁘게 피우려고 온힘을 쏟다보니 모양을 가꿀 힘이 남아 있지 않은 건가. 과일나무도 달고 맛있는 열매를 만드느라 바빠서 줄기의 모양새를 건사할 수 없는 것인지 누가 아는가. 꽃은 혹여나 딴 생각을 품고 외모를 단장하고 나서면 사람들에게 아름다움을 주지 못할 것을 아는 게 분명하다. 과일나무가 과실에 열성을 쏟지 않으면 화목으로 베일 것을 빨리 눈치챈 것도 확실하다. 아니 내가 잘못 본 것일 수도 있다. 꽃은 애초에 그런 마음 없이 그것만으로 만족하는 화초생花草生을 기약하는 건 아닌지. 과일나무라고 다르겠는가. 이 땅에 과일나무로 살아가는 것에 충심을 다하기로 선서하고 태어났기에 언제나 서 있어도 피로한 줄 모르는 게 아닐까.

관상수는 외모가 예쁜 것으로 사람들에게 사랑을 받기에 충분하니 열매에 관심이 적다. 후손을 잇기에만 겨우 신경을 쓰는 정도로 만족하는 건 아닌지. 과수는 튼실하고 알찬 과일만으로도 자신의 값을 지키기에 외양은 무심하게 내버려두겠지. 사람도 이와 닮아 보인다. 허우대가 멀끔하거나 외모만 반짝이는 사람들은 내면의 열매 가꾸기에 소홀하다. 겉을 치장하고 광을 내는 데도 그들은 시간이 부족하고 힘이 달릴 것이다. 그것도 그리 만만하거나 쉬운 일은 아닐 터이다. 성형과 미용 산업이 날로 번창하는 것만 보아도 이점은 확연하게 보인다. 그들에게도 갈 길 역시 따로 있는 셈인가 보다. 실상 과일나무보다 관상수가 더 고가인 경우가 세상엔 더 많지 않은가.

외피와 내질은 이처럼 상호 배타적인가. 둘 다 갖추는 것을 식물이나 사람에겐 애당초 신이 허용하지 않았는가 보다. 오랜 경험으로 선조들은 이미 이걸 알아챘기에 미인 박명이란 말을 만들었으리라. 내외를 동시에 충족시키지 못하는 것이 자연의 이치라고 보지 말고 쓸모가 각각 다르다고 보면 어떨까. 네가 할 일이 있듯, 내가 할 일도 따로 있다고 보는 게 더욱 온건한 건 아닐지. 결국 이 세상의 모든 것은 나름의 존재 이유가 있고 그만큼 그 가치도 따로 있는 것이 아닌가 싶다.

물소리

북한산 동쪽의 수유동에 산다. 이 지명은 물과 연관된다. 예전에는 물이 넘쳐흐르는 곳, 무너미로 불렸고, 현재 수유동水逾洞: 물이 넘치는 고을이란 이름을 얻었다. 궁중의 무녀리들이 물 많은 이곳에 와서 빨래를 하였기에 빨래골이란 명칭이 아직도 남아 있다. 지금은 수량이 많이 줄었어도 여전히 물을 만나기는 어렵지 않다. 자연이 선사하는 음악인 물소리의 묘미를 여기 살면서 자주 느끼게 되었다.

수유동에서 북한산의 칼바위 능선을 오르다보면 냉골 약수터를 만난다. 칼바위 능선에 오르자면 세 갈래 길이 집 뒤에서 이어지는데, 그중에서 냉골을 오르는 길에서 계곡을 오래 볼 수 있다. 산을 오르며 듣게 되는 물소리는 맑고

깨끗하다. 청정한 산의 정기를 담아 내려서일까? 산을 내려오면서 마음을 비우고 내는 소리라서 그런가. 세속의 찌든 때가 낀 내 귀가 청아하게 씻긴다. 이런 길을 오를 땐 발길마저 가볍게 느껴진다.

장마철 뒤에 계곡을 내려오는 맹렬한 물소리는 무섭다. 소리도 우당탕거리지만 물살도 빠르고 급하다. 불평이 많아서 그런지, 욕구 불만이 넘쳐서 자제가 안 되나 보다. 산속의 물이라도 언제나 청정한 마음을 간직하기는 어렵다고 시위하는 것만 같다. 나도 가끔은 이렇게 스트레스를 해소하지 않고는 못 살아요, 못 살아요, 마치 나에게 하소연하는 소리로 들린다.

더운 여름날 숲에 가면 작은 소리, 들릴 듯 말 듯 혼자만의 비밀을 간직한 듯한 소리를 듣는다. 귀를 기울여야 들릴까 말까, 수줍은 소녀의 자분자분 혼잣소리라서 그럴까, 누가 들을까 가만가만 숲의 작은 소로를 걷는 물소리, 덩달아 가만가만 걸어가게 하는 소리, 방해할까 미안한 마음을 들게 하는 소리가 있다. 고여 있는 듯해서 흐르고 있는지 마음으로 들어야 하는 소리, 숲 속의 물소리가 그렇다. 심정의 평화를 바랄 때 생각나는 소리, 눈으로 보는 물소리를 숲에 가면 만난다.

마당의 샘에서 옹알옹알 스며든 물을 긷는다. 등에 그

물을 한 바가지 쏟는다. 입에서 신음 소리가 난다. 등을 맡기고 엎드린 사람도, 그 위에 물을 쏟는 사람도 함께 시원하다. 살갗을 지나 냉기가 뼈를 뚫고 혈관까지 이른다. 순식간에 벌어져 피할 새도 없이 더운 기운을 몰아낸다. 등에 쏟아지는 샘물 소리를 기억하는가. 차르르 쏟아지는 물에서 귓밥을 타고 흐르는 물소리, 땀으로 흥건해 속옷이 달라붙는 한여름에 더욱 그리운 샘물 소리. 오래된 한옥의 마당가에 있는 군데군데 이끼가 덮인 샘, 만나고 싶은 소리다.

물은 같은 물이건만 어찌 내는 소리가 이토록 다르게 들리는가. 물이 사는 곳이 다르니 그럴까? 물은 그대론데 그 소리를 듣는 사람의 마음이 달라 그런가. 어떤 스님이 한 말이 생각난다. '물은 물이요, 산은 산이로다.' 이 말은 물은 언제나 같지만 그를 대하는 사람이 다르니 다르게 들린다는 뜻으로 해석된다. 언제나 한마음을 지닐 수 없기는 산 아래 속세의 사람이라서 어쩔 수 없다 쳐도, 물소리의 청아함은 늘 심중에 새기며 살고 싶다.

영역 문제

동물들은 자신의 영역을 다툰다. 아니, 식물도 영역을 다툰다고 한다. 세상의 생물은 모두 영역을 다툰다고 함이 옳다. 생물의 생존을 위해서 자신의 영역을 고수하고 이를 침범 당했을 때에는 그 침입자와 다툰다. 침입자를 몰아내기 위한, 또 새로운 영역을 차지하고 그것을 넓히려는 생존의 투쟁은 알고 보면 인간도 동일하다.

내가 사는 집 옆에는 소규모의 연립주택이 있다. 그곳에는 주차장으로 쓰이는 넓은 공터가 가운데에 자리한다. 이 주택들의 공동 마당으로 사용한다. 이 연립과 접하고 있는 주택에 사는 사람들도 간혹 통행하기 위해서 이 마당을 드나든다. 담이 둘러 있지 않은 공유한 마당으로 그동안 사용하여 왔다. 늘 텅 비어 있다시피 하니 가끔 그런 식으로 활용하였다.

그런데 집을 헐고 새로 짓게 되어 이 마당을 공사 차량의 통행로로 사용하자고 제의한 적이 있다. 집으로 드나드는 도로는 협소하여 큰 차량이 통행하기에 적절치 않아 불편함이 크기에 그런 요구를 하였다. 그들이 회의를 하더니 사용할 수 없다는 통보를 해왔다. 어쩔 수 없이 불편한 도로를 이용하여 공사를 진행했다. 예상보다 공사 기간이 더 걸렸고, 비용도 추가되었다. 애초에 마당을 사용하는 데도 얼마 정도의 사용료를 내는 조건으로 협상하였으나 거부당하였다. 비슷한 정도의 비용을 들이고 공사를 마쳤다.

진짜 문제는 그다음에 일어났다. 이제는 아예 마당으로 드나드는 출입구 한쪽을 폐쇄하였다. 연립에서 마당으로 가는 통로, 집 앞으로 난 길에 펜스를 쳐서 일방적으로 통행을 막았다. 연립에 사는 사람들도 통행로로 사용하는데, 자신들의 길까지 막은 셈이다. 연립의 마당에 공사 차량이 드나드는 것을 거절한 것보다, 마당의 한쪽 출입을 금한 것은 더욱 난감한 일이었다. 그들의 땅이니 경계를 둘러 막아서 불편할지언정 자기들만 독점적으로 사용하고 그 소유를 분명히 표시하겠다, 로 해석하였다.

한동안 이해하기 어려웠다, 그들의 행태에 관하여. 같이 나누어 쓴다면 더 좋을 텐데 왜 그럴까 원망하고 비난하다가 이제는 생각을 바꾸기로 했다. '동물의 세계'를 즐겨 보던 나에게 떠오른 생각이 바로 영역의 문제로 이해하자 는 것이었다. 종류를 막론하고 모두에게 그토록 강렬한 영 역을 지키는 문제, 생사를 다투는 처절한 싸움도 불사하는 그 수많은 동물의 생존 방식을 생각하면 그들의 입장을 어 느 정도 이해할 수 있게 된다.

객관적인 거리를 두고 바라보면 사소하고 시시한 것인 데도 맹렬하게 다투는 것을 살면서 종종 볼 수 있다. 어린 아이들이 장난감을 두고 벌이는 다툼도 그중의 하나다. 어 른의 눈으로 볼 때는 정말 미미한 것에 불과하나 장난감을 향한 아이들의 집착과 소유의 강도는 징기스칸의 대륙 정 벌이나 알렉산더의 동방 원정에 못지않은 욕망이고 강렬한 그 무엇이다. 때론 상대적 비교가 불가능한 절대성을 갖는 다. 그 크기나 기준을 동일한 잣대로는 결단코 측정할 수 없 을 정도다.

그 내면의 심리는 무얼까. 자신의 고유성에 대한 도전 으로 여기는 것은 아닐까. 작은 것이지만 그 소유자들에게 는 이 극도의 저항이 일종의 생존 조건은 아닐까. 상대적인 세상의 잣대와 무관한 그들만의 것, 그러기에 간혹 폐휴지 에 대한 노인들의 이해하기 어려운 다툼의 살상에 우리는 놀라지만, 어쩌면 그들에게는 당연한 것이리라. 흔히 일컬어지는 조폭들의 나와바리(여기서는 이 말이 적절하다) 다툼과 같은 것은 아닐지.

각자 살고 있는 곳과 삶의 형태를 고수하는 것은 중요하다. 존재의 의미가 그곳에 있는 셈이다. 영업권을 둘러싸고 벌이는 기업들의 승부, 대학에서 동료 교수들의 갈등도 알고 보면 이러한 영역의 문제로 귀결된다. 지성의 전당에서 학생들을 가르치는, 교양을 갖춘 듯 보이는 학자들이 간혹 다투는 양상을 바라보면, 이 동물들의 영역 다툼과 한 치의 오차도 없이 같아 보인다. 이렇게 생각을 확대하면 결국 인간도 '동물의 세계'의 야생 동물과 하나도 진배없는 삶을 '인간 세계'에서 살고 있다 해도 과언은 아니지 않을까?

지팡이

집 뒤의 둘레 길을 갈 때는 빈손으로 가기 일쑤지만, 산에 오를 때는 등산용 스틱을 쓰는 경우가 더러 있다. 두 개가 짝을 이루지만 하나만 들고 가는 게 더욱 익숙하다. 오를 때는 물론이고 내려올 때도 스틱을 쓰면 편리한 점이 있으나 불편한 것도 있다. 어느 일이나 도구를 쓰는 데도 편리함과 불편함은 한 몸인 것처럼 붙어 다닌다. 편리한 쪽이 많거나, 그게 더 익숙하면 그것을 이용하게 된다.

산에 오르면서 스틱을 들고 가는 것이 편리한 이유는 몇 가지가 있다. 배낭을 짊어지는 때와 달리 가까운 뒷산에 나설 때는 빈 몸이라 허전한데 이를 스틱이 채워준다. 외로움을 찾아 나선 길인데도 외롭긴 마찬가지라, 손에라도 무엇이 들려 있으면 그것이 얼마간 해소된다. 지휘봉으로 연주하는 악단의 선율처럼 적당하게 리듬을 맞추는 데도 스틱이 유용하다. 비탈진 산길의 발길에 따라 박자가 제각각인 것이 다소 흠이지만, 몸과 스틱이 일체가 되어 연주하는 맛이 있어 좋다. 요즘의 산길에는 몰려다니는 들개가 더러 출몰한다. 버려진 애완견들이 가련하긴 해도 야수성을 드러낼 땐 스틱이 호신용이 될 수도 있다. 여름철 숲이 우거진 길이 앞을 가로막아도 스틱으로 길을 열 수 있기에 쓸모가 있다.

어린 시절엔 막대기를 사랑했다. 기다란 막대기는 보는 대로 들고 다니길 좋아했다. 그걸로 죽마 타고 놀기도 좋았고, 칼싸움을 특별히 좋아해서 휘두르기에도 더없이 안성맞춤이었기 때문이다. 조금 작은 것으로는 자치기 놀이가 재미났다. 작은 걸 공중에 띄우고 긴 것으로 때려서 멀리 보내며 노는 자치기 놀이, 어린 사내들이 막대기를 좋아하기도 하지만 나는 좀 더 좋아했다.

어린 나이에 상장喪杖을 짚게 되었다. 김삿갓보다 더 어린 나이에 그가 들고 다녔다는 죽장竹杖을, 아버지의 상여 뒤를 따라가며 끌고 갔다. 이게 운명인지 팔자인지 알 수 없지만, 지팡이를 들고 다니기를 좋아해서 그런 참상을 겪게 되었을까? 아무리 좋아하던 지팡이였지만, 철이 덜 난 어리

숙한 숙맥이었어도 그게 좋아할 일은 아니란 것쯤은 알았다. 그 서러움인지 모를 눈물은 후에 속으로 많이 새기며 살았다.

내가 다닌 중학교는 무도 시간이 있었다. 유도와 검도 중에서 하나를 선택해야 하는 거였다. 망설임 없이 검도를 택했다. 무도 시간에 죽도를 휘두르며 검도를 배웠고, 그 뒤에는 집에서도 죽도를 마련해 두고 휘두르기도 했다. 죽도를 처음 잡고 '머리, 허리, 손목'을 외치며 머리 뒤로 들었다가 내리치는 검도의 기본 동작은 체구가 작은 나에게는 그리 만만하지 않았다. 힘이 들어서 감당하기 어려워선가, 지팡이에 대한 애정의 열도는 점차 식어갔다. 더구나 대련 시간에 머리를 공격당하고선 시들해지고 말았다.

초등학교 교사 시절에는 회초리를 들었다. 체벌이 용인되던 시절, 내 손에는 늘 들려 있었다. 어딜 가나 교내에선 들고 다녀야 스타일이 살았다. 하지만 어느 순간에 체벌이 습관화되는 걸 깨닫고선 회초리를 놓았다. 아이들 키우면서도 몇 번 회초리를 들었다. 회초리의 효율성은 인정하지만 타성이 되거나 습관화로 치달으면 상호 간에 깊은 감정의 골만 파인다. 지속적으로 애용할 수 없는 마약의 속성을 지녔다. 훈육의 회초리는 단속적이고 일회성이어야 그나마 존재 이유를 지닌다.

나이가 꽤 들어서는 스키용 스틱을 잡게 되었다. 한동안 겨울이면 가족과 함께 스키를 타고 즐기며 보냈다. 늦게 배운 놀이에 꽤 깊게 빠지기도 했다. 외국에 나가서 스키를 탈까 생각하기도 했다. 휘두르는 것이니 테니스의 라켓도 스키의 스틱을 잡을 때 엇비슷하게 접했다. 야구단을 육성하던 고교를 다녔으니, 배트에 대한 호감도가 높아서 길거리의 간이 야구장을 한동안 찾아다니기도 했다. 기다란 막대와의 만남은 골프채를 잡기에 이르렀다. 가장 늦게 노년(?)에 만난 지팡이는 바로 골프 클럽이다.

어려서부터 좋아한 지팡이와의 만남은 여러 굴곡을 거치며 지금까지 이어져 왔다. 두 다리 인간이 직립과 보행의 도움을 받기 위한 지팡이를 나는 일찍부터 좋아했고 여러 종류를 만나면서 살아왔다. 이게 어쩌면 느지막한 나이에 진짜 지팡이를 만나게 될지도 모른다. 이 마지막 인연은 맞이하고 싶지 않다. 그만큼 많이 만났으니 남은 인생에는 만나지 않고 끝나기를 바란다. 지팡이와의 인연을 이쯤에서 마무리 짓고 싶기 때문에.

책을 보내며

　　　　　　　　이삿짐을 쌌다. 이사할 때 문제는 늘 책이었다. 직장에 연구실이 생긴 뒤로는 그 어려움이 거의 사라졌지만, 한동안 살다보니 다시 생겼다. 이제는 책을 보내기로 했다. 옮기는 집의 공간에 비추어 책을 줄일 수밖에 없다. 이곳저곳 옮겨 다니면서 길게는 거의 40여 년간 동거한 녀석도 있다. 아쉽지만 작별해야 할 때가 되었다.

　　녀석들의 새로운 삶을 알아보았다. 동네의 헌책방에 가서 알아보았더니 그중의 몇 녀석은 간택을 받았다. 싣고 간 것의 아주 소수만이 혜택을 입었다. 여기서 탈락한 녀석들은 결국 자원 재생 센터, 고물상의 폐지 신세로 전락하였다. 책으로서는 생명의 마감이었다. 그동안 서재 한구석에서 가끔씩 눈길을 보내주었던 녀석들, 생존할 공간을 마련하지 못해서 강제로 퇴출되는 거였다.

동거와 퇴출의 기준은 간단하였다. 앞으로의 활용도를 나름으로 세웠다. 후손들이 읽지 않으려는 세로쓰기 판형의 책들, 활자의 크기가 작아서 내가 더 이상 보기 힘든 책들, 남은 생애 동안 볼 것 같지 않은 책들, 그동안 거의 장식용으로만 그 존재 가치를 누리던 책들, 이런 기준으로 책을 골라보니 승용차 트렁크를 가득 채우고도 남았다. 그들은 이런 사유로 모두 구조 조정이 되었다.

그 책들은 나와 함께 살았다. 어떻게 그들을 한 식구로 맞아들였는지 잠시 회상해 보았다. 많지 않은 수입 중에서 월부로 샀던 전집들, 그중에서 몇 권이나 읽었는지 확실하지 않다. 문청의 시기에 샀던 책들, 그들과 친분을 미처 쌓지 못한 채 학문의 세계로 넘어갔다. 서로 이웃이지만 그쪽에 넘어간 뒤로는 이쪽을 돌볼 틈이 없었다. 언젠가는 그들과 교유를 계속하리라는 마음에 이사를 다닐 때마다 힘들지만 고생을 나누었다. 그러기를 수십 년, 이제 더 이상의 미래가 보이지 않았다. 그만 작별하기로 결심한 이유였다.

차에 실어 가면서 아우성 소리가 들리는 듯했다. 마음 한쪽이 매우 불편하였다. 마음속에 가득한 안타까움 대신 그들을 보내고 나에게 돌아온 건 빈손이었다. 금전으로 치환하면 손에 쥔 돈은 겨우 책 몇 권 값 정도였다. 아마도 생계가 어려워 자식을 팔아버리는 부모의 심정이 이럴까. 돌아오는 발길이 무척 씁쓰레하였다. 서재 한구석에 밀쳐두었다가 이제 그것도 유지할 수 없다고 고려장을 지내는 마음이었다.

세상에 영원한 것은 아무것도 없다. 도도한 시대의 변화에 누구도 거스를 수 없다. 책 역시 마찬가지다. 작은 활자의 세로쓰기 책, 더 이상 읽을 수 없는 골동품의 가치만 지닐 뿐, 현재의 사용 가치는 나에게선 찾기 어렵다. 다른 주인을 찾아주려 했는데 그러지 못했다. 함께 정리해서 내보낸 옷들과 같았다. 낡아서 버리고 시류에 맞지 않아서 버리는 옷들과 똑같은 처분을 받았다. 인류 문화의 보고인 책도 다르지 않다. 쓸모의 면에서는 마찬가지다. 이게 그들을 보내버리고 스스로 마련한 억지 합리화다. 마음의 거북함을 쫓아내려고 짜낸 인간 이기심의 발로다.

책을 계속 보관할 거냐, 폐기할 거냐의 갈림길에서 선택한 결과다. 그 이유를 나름으로 세워보았다. 현실적 불가피한 상황이란 것이 나의 변명이다. 책들을 오랫동안, 아니 숨이 다할 때까지 곁에 두고 싶었다. 실제적으로 나에게 주어진 공간과 사정이 이를 힘들게 하였다. 결국 폐기하였고 그 마땅한 이유도 있었다. 그래도 마음이 편치 않다. 집에 올 때까지 계속 우울하였다. 책을 보내면서 나는 한동안 슬

품을 삭일 수밖에 없겠다.

　잘 가거라, 녀석들아! 다른 주인을 만나든 새롭게 환생하든, 너희들에게 미안하다. 그동안 자네들이 있어 힘든 인생길 버텨왔고, 아름다운 마음으로 세상을 바라볼 수 있게 되었고, 자갈밭 길을 든든하게 걸어왔다. 이제야 그대들에게 그동안의 고마운 인사를 보낸다. 책들이여, 안녕!

전화 목소리

"리리리리, 라라라라"

전화벨이 울린다. 누군가 나와 대화하고 싶다는 신호를 보내왔다. 화면에 보니 번호만 있고 이름이 함께 보이지 않는다. 모르는 사람인데 귀찮으니 그냥 꺼버릴까 잠시 망설이다 전화를 받는다. 연락처에 입력이 안 된, 번호가 바뀐 지인일지도 모른다. 안 받으면 큰 실례를 범할 수도 있다. 황급히 '예, 여보세요'라고 전화기에 대고 말의 손길을 서둘러 잡는다.

참 편리한 세상이다. 세상 어디의 누구와도 통화할 수 있다니 그것도 아무 때나 둘이 호응만 한다면 언어의 본질적 기능을 아무 제한 없이 누릴 수 있다. 인간의 소통은 이제 막힐 일이 없이 사통팔달 언제나 유창하기만 하다.

집에 전화를 놓은 것은 결혼하기 얼마 전이었다. 한 자리 국번에 네 자리 번호, 그걸 놓고 나서 으쓱한 마음을 지녔다. 전화로 연락을 주고받을 인간관계가 많지도 않았던 시절이건만, 이제는 문명의 생활을 즐기는 도시 현대인이 된 듯한 만족감에 자주 울리지도 않던 전화기를 흐뭇하게 바라보며 한동안 행복감에 젖곤 했다.

전화기가 늘 그런 기쁨을 주는 것만은 아니다. 슬픈 소식이 지체 없이 바로 날아와 괴롭히기도 했다. 몰라도 되는 소식을 알게 되어 마음을 힘들게 쪼아대기도 했다. 그럴 땐 전화기를 괜히 설치한 건가 후회도 들었다. 반가운 소식보다 피하고 싶은 일들을 더 빨리, 자주 만나게 하였다. 이기가 아니라 흉기가 아닌가 하는 생각도 들었다.

반면에 기다리는 반가운 소식은 좀체 들려오지 않았다. 강사를 오래 하면서 전임 자리를 애타게 기다리던 시절, 쉽사리 전화는 울리지 않았다. 학기마다 초빙 공고를 보고 서류와 연구물을 제출했건만 매번 오는 전화에는 '이번에 모시지 못해서 죄송합니다'는 목소리만 들려 왔다.

듣기 싫은 전화가 한둘이 아니지만, 홍보를 위해 녹음된 목소리가 들리는 것은 정말로 싫다. 내가 필요한 일로 거는 것도 아닌, 그런 전화를 확인하면 바로 끊는다. 선거철에 울려오는 여론 조사 전화나, 선거 운동 전화는 가장 듣기 싫은 전화 목소리다. 호감을 가진 후보라도 그런 전화를 받으면 마음이 흔들린다. 효과가 있기에 그런 것이겠지만, 나에게는 오히려 역효과일 뿐이다. 기계로 사람의 마음을 움직일 수 있다고 생각하는 그들의 용감함이 가엾기까지 하다. 그건 금전으로 사람의 선심을 사려는 파렴치한 행위일 뿐 아니라, 불쾌한 시도라서 더욱 경멸한다.

낭랑한 목소리의 전화를 받고 싶다. 그런 전화를 받을 때는 오랫동안 전화기를 잡고 싶다. 얼굴은 보이지 않고 목소리만으로 상상하며 대화하는 것은 야릇한 즐거움을 선사한다. 매력적인 목소리를 가진 사람은 자주 전화를 하는 게 사회의 명랑한 분위기를 위해서 바람직한 일이다. 목소리의 울림이 부족해도 반가운 소식을 전하면 그것 역시 듣기 좋다. 청명한 음성으로 좋은 소식을 전해주는 반가운 전화를 나는 언제나 기다린다.

3부

이상한
사람

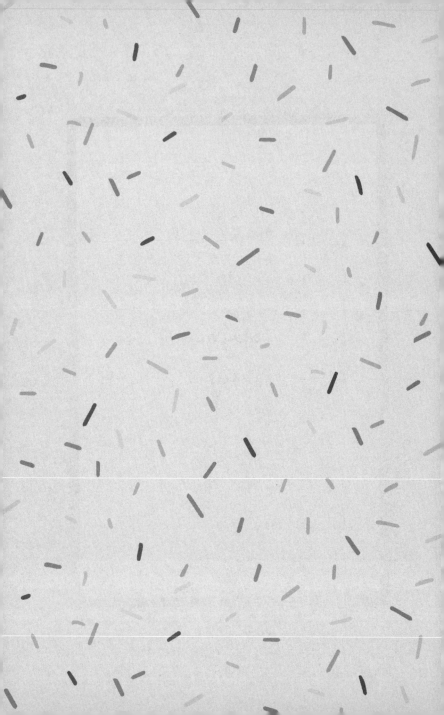

화계사 국수

　　　　　　　　　　　　　제주도 토속음식으로 잘 알려진
것 중 하나는 고기국수다. 돼지고기를 삶은 국물에 고기 몇
점을 띄우고 면을 말아낸다. 제주도의 고유 음식으로 알려
졌지만, 고향에서도 어린 시절에 잔칫집에서 자주 먹던 음
식이었다. 마을의 혼인식, 그 시절에는 대사大事라 불렀는
데, 이 잔치에 가면 고기국수를 먹기 마련이었다. 상사喪事
가 일어나도 마찬가지였다.

　　어린 시절 고향을 떠나면서 이 잔치국수를 먹어본 지
오래되었다. 요즘의 잔치국수는 보통 멸치를 우려내거나
어묵이나 다시마 국물에 면을 만 것을 말한다. 대체로 도시
에서 먹게 되는 국수가 이것이고, 시골에서 먹었던 잔치국
수는 고기국수란 이름으로 통용된다. 이름이야 어찌 되었

건 쌀이 주식이었던 우리네에겐 별식으로 이만한 게 없다.

서울로 이사 온 뒤에 사는 형편이 어려웠다. 밥을 먹을 살림이 안 될 때는 국수로 대체했다. 동네에 있던 국숫집에서 말린 면을 사다 먹곤 했는데, 이런 여유도 안 되면 밀가루를 반죽해서 다듬이 방망이로 밀어 칼국수를 만들어 먹었다. 묵은 김치를 썰어 넣고 걸쭉하게 만든 국수를 싫다 하지 않고 잘 먹었다. 이게 번거로우면 수제비를 만들기도 했고, 누이들이 하는 걸 간혹 거들기도 했다.

어려서 먹었던 별식 때문인가, 나는 국수를 지금도 좋아한다. 집에서는 자주 먹지 않지만 볼일로 나갔다 끼니 때가 되면 흔히 국숫집을 찾는다. 국수면 종류를 별로 가리지 않고 먹는다. 어느 지역에서 이름난 국숫집이 있으면 찾아가 먹기도 한다. 그 맛의 차이나 깊이는 잘 모르면서도 그다지 개의치 않고 먹는 건 입이 털털해서도 아니고, 그냥 국수를 좋아하기 때문이다. 억새를 닮은 하얀 국숫발이 고향의 그리움을 손짓해 부르고 있는 건 혹 아닐는지.

지방 대학 강의 시간에 맞춰 꼭두새벽 나서던 강사 시절, 청량리역에서 허연 김을 뿜어내던 가락국수를 사 먹던 때도 있었다. 미래에 대한 불안감을 풀어주던 구수한 국물맛. 고향 갈 때 기차를 타고 오가며 지나게 되는 천안역, 그곳 국수 맛도 별스런 추억이었다. 기차가 잠시 정차하면 뛰어 내려가 후다닥 한 그릇 그리움을 말아 먹던 완행열차. 그건 허기를 채우는 한 끼 먹거리가 아니라 기차 여행의 낭만이었다. 국수가 선사하는.

사는 곳에서 멀지 않은 거리에 화계사가 있다. 도로로 걸어가도 얼마 시간이 안 걸리지만 집 뒤에 난 길로 걸어도 되고, 산에 올랐다가 하산 길에 들러도 된다. 고요한 시간에는 범종 소리가 들릴 정도이니 거리를 짐작할 수 있으리라. 이곳에서도 국수를 먹게 될 줄이야, 절간에서도 눈치가 빠르면 젓국을 먹는다는 속담이 내겐 꼭 들어맞는다. 그것도 공짜로 먹을 수 있으니 이 아니 좋은가.

화계사 국수는 우연히 알게 되었다. 어느 때인가 주말 산길에 나섰다가 그쪽으로 내려오게 되었고, 모처럼 절 구경을 하고 싶어 갔다. 식당 앞에 줄 선 사람 뒤에 있다가 국수 한 그릇을 먹게 되었다. 주말과 휴일에 찾아오는 신도들을 위한 공양인데 일반인에게도 제공하나 보다. 등산객이든 절 구경을 온 사람이든 때가 맞으면 한 끼를 보시 받는다. 국수 말고 비빔밥을 주기도 하지만, 나는 국수가 더 좋다.

전에 살던 곳에도 가까이 보문사란 절이 있어 초파일에 가면 간혹 비빔밥을 먹기도 했고, 일부러 그날 삼각산 도선사에 식구들과 찾아가 긴 줄을 서서 기다린 뒤에 별식으로 먹어보기도 했다. 물론 이것은 확실히 공짜다. 그런데 집 가까운 곳에서도 초파일이 아닌 날에 공짜 국수를 먹을 수 있다니, 아주 좋은 곳으로 이사 온 게 분명하다. 맑은 공기에 끌려 아내의 불평을 달래 가며 거처를 옮겼는데 이 무슨 덤이란 말인가.

몇 번 가다 보니 식당 입구나 배식구 근처에 모금함이 있는 걸 보았다. 공짜도 한두 번이지 계속 그럴 수만은 없는 일 아닌가. 모금함을 본 뒤로 국수를 먹을 때는 그곳에 몇 푼 들고 가 시주가 아닌 국수 값을 치른다. 주말에 간혹 산에 갈 생각이면 하산 길에 그곳에 들를 요량으로 시간을 맞추어 집에서 나간다. 한두 번 아내도 데려갔더니, 국수가 맛이 없다느니 짜다느니 투덜대곤 다시 따라나서지 않는다. 어차피 혼자 갈 인생, 내버려두고 나만 가끔 찾아간다.

절간에서 후루룩거리며 국수를 먹다 보면, 세상살이 피로가 국숫발 따라 목을 넘어가는지 개운하기만 하다. 적당히 산에서 몸을 움직이고 난 뒤이기에 더 맛있는지 모르지만, 주말 하루가 상큼하게 다가온다. 집으로 돌아오는 발길이 언제나 가뿐하다. 산뜻한 발걸음에 장단을 맞춰주는 새소리는 공으로 들으며 넘는 산길에서 나는 이곳을 더욱 사랑하기로 다짐해 본다.

설악산 봉정암

우리나라는 통칭 산악 국가다. 산지가 전 국토의 7할 이상이라고 국민학생 때 배웠다. 그 뒤에 이게 얼마나 가감이 있는지 모르나 산을 보기는 어렵지 않다. 차를 타고 가면서도 전후좌우에 온통 보이는 것은 산이고, 평야를 만나기는 어렵다. 평야라고 해도 이쪽이나 저쪽 끝에는 역시 산이다. 이 많은 산에는 웬만하면 절이 한둘은 꼭 있다. 다방면으로 나누면 유명세를 타는 절도 수없이 많다. 이 중에 제일 높은 곳에 있는 것으로 유명한 절은 설악산의 봉정암이다.

봉정암은 제일 높은 곳에 있는 절로만 알려진 것은 아니다. 부처님의 진신사리가 모셔져 있다는 돌탑 역시 유명하다. 사방이 훤하게 트여 있는 암석 산상에 우뚝 자리한 불탑에는 불공을 드리는 기도객을 볼 수 있다. 갈 때마다 보면 많은 사람이 각자의 소원을 비느라 붐빈다. 이곳이 소위 기도의 효험이 잘 든다는 곳이기에 봉정암의 명소이기도 하다.

봉정암에는 수많은 기도객이 몰린다. 봄에도 가보았고, 가을에도 가보았지만, 그곳의 숙박 시설이 한정되어 상당한 기간 일찍 예약하지 않으면 기도하기 어렵다. 전국 각지에서 개별로 또는 단체로 불공 올리려고 오는 신자들이 모이기에 가볼 때마다 어수선할 정도이다. 백담사에서 출발하여 대청봉을 오르는 길목이라서 여길 지나는 등산객도 적지 않다. 어찌 보자면 전국 신도들의 집합체로도 보일 지경이다.

대청봉을 오르려면 여러 경로가 있다. 설악동에서 오르는 길과 백담사에서 오르는 길, 그리고 오색 약수터에서 오르는 길이 대체로 알려지고 많은 사람이 오르는 일반적 코스이다. 각 경로마다 특색이 있지만, 백담사의 수려한 계곡을 즐기면서 오르자면 이 코스를 택한다. 오색에서 오르는 길은 시간이 적게 걸리지만 가파르고, 설악동 코스가 조금 더 길고 중간에 울산바위나 흔들바위, 비선대와 와선대 등이 있어 관광객이 많이 몰리는 편이라서 순수하게 대청봉에 오르자면 백담사 코스가 무난하다.

백담사와 봉정암은 여러 면에서 대조적이다. 백담사는

설악산의 초입에 있는 대신 봉정암은 높은 산중에 있다. 백담사에는 만해 스님과 관련된 사연이 많다. 거기에 대통령을 지낸 사람과의 사연까지 보태졌다. 봉정암엔 오르기 쉽지 않아서 그런지 그런 역사와 세사와 관련된 사연은 적은 것 같다. 백담사는 이런저런 사연으로 찾는 발길이 많다. 신도보다 일반 관광객으로 넘쳐난다. 봉정암엔 불공하러 오는 신자와 지나는 등산객만 찾는다. 관광으로 여기까지 올라오는 사람은 없지 싶다.

봉정암에선 공양 서비스를 한다. 그 시각에 거기에 있는 사람은 누구라도 공양줄에만 서면 한 끼니 해결은 할 만하다. 미역국에 말은 밥 위에 오이 무침을 얹어 먹는 게 전부지만, 허기진 중생에게는 그만한 보시도 없다.

미리 예약만 하면 잠자리도 제공받는다. 물론 그 비용은 내야 하지만 하룻밤 산중의 어둠과 추위와 으스스함을 해결하기에는 턱없이 헐값이다. 만약 조난을 당해도 봉정암에 가기만 하면 살 길은 열릴 것이다. 봉정암이 산중에 있어 이런 은택을 기대할 수 있으니 얼마나 다행스러운 일인가.

부처는 그야말로 만인을 안아주는 품이 아닐까. 그 너른 품을 가진 부처님이 설악산의 높고 험준한 산중의 한곳에 떡하니 좌정하고 있으니 그 넓은 산의 너그러움을 기대하는 것은 신자가 아니라도 한 번쯤 기대할 만하다. 부처가 아니라도 봉정암의 마당에서 건넛산을 바라보거나 대청봉을 쳐다본다면 자신도 모르게 가슴이 넓어지는 것을 느낄 것이다. 저 산 아래의 세속 잡사는 어느 순간 티끌처럼 가볍고 시시한 먼지처럼 흩어지리라. 아래 세상의 고뇌가 있다 해도 이 순간만은 화평한 심정을 맛볼 수 있으리라.

물레방아

버스에 탔다. 모임에 나가는 길이었다. 저상 버스라서 중간 문 이후부터 바닥이 높다. 그 높은 곳에 자리가 비었다. 앉으려다 보니, 그 바닥에 만 원짜리 돈이 떨어져 있다. 날 보고 그 돈이 배시시 웃으며 인사했다. 모른 체 할 수 없어 줍는 걸로 답례를 대신했다. 그걸 옆에 앉았던 여인이 보더니 자기가 떨어트린 거라고 달랬다. 그런가보다 하고 주었다. 그녀는 지갑을 꺼내더니 넣었다.

이상했다. 내가 보기 전에 자신의 돈이 빠진 줄 몰랐다고? 버스 좌석의 훤히 보이는 곳에 있었는데 모르고 말이야, 손가방에 든 지갑의 돈이 왜 그 자리에 떨어지나? 자리에 앉으면서 떨어트렸다고 해도 납득이 가지 않는다. 하여

튼 내 돈이 아닌 데다 자기 돈이라고 나서는 사람이 있으니 주면 되니, 그걸 곰곰히 생각할 게 뭐 있나. 그런데 또 가만 있자니 아무래도 이상해서 옆자리의 여자를 슬쩍 곁눈질했는데, 무표정으로 앉아 있다. 자기 돈을 주어서 돌려주었으면 최소한 고맙다는 인사 정도는 해야 할 텐데 그 정도의 상식도 없는지, 그러니 자기 돈을 흘리고 다니지, 칠칠맞지 않게. 여러 생각이 오락가락하다가 스르르 눈이 감겼다. 늦게 자고 일찍 일어나다 보니 잠시 졸렸다.

졸다가 옆의 여자가 내리려고 비켜 달래서 깨었다. 그 여자가 내리는 걸 보다가 내린 자리를 무심코 보는데, 어라 만 원짜리 돈이 또 떨어져 있다. 히야, 이거 여기가 황금 노다지 자리도 아닌데, 자꾸 돈이 있네. 이건 주워 가져도 되겠다. 혹시 다른 구석에도 있나 둘러보았지만 더 이상은 안 보이고, 자기 돈이라고 주장하며 나서는 사람도 없는데, 일단 주머니에 넣었다. 버스 안에서 돈을 주웠으니 일단 내 것이 되었다.

그런데 수상하다. 아까는 보이지 않던 돈이 왜 거기 또 있을까? 자기 돈이라고 주장해서 채어간 그 여자가 또 돈을 흘리고 갔나? 그 여자는 자기 돈을 흘리고 다니는 게 전공인가? 그 여자와 나만 앉아 있던 자린데 돈이 새로 날아왔을 리도 만무고. 이건 조금 전에 내린 그 여자가 놓아두고 내린 게 분명하다. 자기 돈이라고 달래서 넣고 알아보니 자기 돈이 아닌 걸 알았다, 그녀는. 그래서 분명히 양심과 금욕을 두고 갈등했으리라. 자기가 주웠으면 모르지만 남이 주운 걸 자기 것이라고 강탈(?)한 게 마음에 걸렸음이 명백하다.

한참 고민했을 것이다. 막대한 돈을 받아 챙기고도 모르쇠로 일관하는 정치인들과는 달리 건전한 양심을 지닌 선량한 시민이었으므로. 내가 잠시 조는 틈에 그 돈을 슬쩍 바닥에 내려놓고 내린 것일 거라. 돈을 내놓고 양심을 도로 챙겨 넣고 내린 그녀, 잠시 의구심을 품었던 성급한 나, 다시 돌아온 이 돈을 어찌해야 하나, 버스를 내릴 때까지 그 처리를 놓고 갈팡질팡하였다.

돈 만 원을 버스에서 주웠다고 파출소에 가서 신고하나, 하차하는 문 윗자리에 써 붙인 '버스 안에서 습득한 물건은 기사에게 맡겨주세요'대로 기사에게 맡기고 내려야 하나. 둘 다 마음이 냉큼 동하지 않았다. 이제 내 돈이 되었는데, 이 행운을 그대로 꿀꺽할까? 바로 주웠더라면 혹 모를까 다른 손을 거쳤다가 돌아온 이 돈을, 그대로 불로소득으로 잡기엔 왠지 께름칙하였다. 이걸 어찌 처리해야 좋을까? 양심을 찾아간 그녀가 얼마간 부럽기조차 했다.

이건 나에게 쓰지 말고 남에게 쓰자. 약간 변형된 기부로 처리하자고 생각하니, 모임에 가던 길이 아주 다행스러웠다. 이런 것은 빨리 해결해야 개운하다. 오래 묵어서 맛이 진해지는 장맛도 아니고, 신선할 때 맛좋은 생선회처럼 후딱 먹어치우는 게 좋다. 아직 시간도 이르니 군입거리로 그곳에 가면서 스낵 과자를 사가면 안성맞춤이다. 모이는 장소 근처 마트에서 종류별로 몇 개를 봉지에 담았다. 계산대의 금액을 보고 움찔했다. 화면엔 정확히 만 원이 찍혔다. 넘치면 더 내놓을 생각도 있었는데, 내가 신의 손인지 대충 집었는데 행운의 돈이 그대로 나를 거쳐 다른 사람의 입으로 가게 될 줄이야. 과자 봉지를 들고 걷는데 그 무게보다 훨씬 내 마음은 가벼워졌다.

아무리 화폐의 가치가 떨어진 세상이라도 만 원을 길에서 주운 건 행운이 아닐 수 없다. 이 행운은 누군가의 주머니에서 떨어져 나왔고, 그에게는 그만큼의 불운이었다. 이걸 내가 그대로 갖는다면 결코 행운이 될 수 없다. 그에게서 무상으로 나에게 왔듯이 나도 누군가에게로 환원해야 옳다. 행운이란 한군데 머무르지 않고 계속 전달되고 순환해야 더 옳지 않겠는가. 아니 옳다고 윤리적 판단을 내리기보다 양심의 명령을 따르는 게 맘이 편하다. 만 원의 소유보다 심리적 편안이 나에겐 더 소중하다. 행운이 돌고 돈다면 애초에 돈을 잃어버린 그 불운한 사람에게도 언젠가는 다시 돌아가는 것이 아닐까? 내가 주워서 옆자리 여자에게 갔다가 다시 내게 돌아왔듯이. 어쩌면 물레방아만 돌고 도는 것이 아니라, 세상만사 모두 돌고 도는 것이 아닌지 모르겠다.

복 받을 자

인간은 복을 받고 누리며 살고
싶어 한다. 특히 한국인은 그런 경향이 아주 농후한 듯싶
다. 그 기복적인 신앙의 욕구가 원초적인 형태에서부터 현
대화된 종교에까지 깊고 넓게 펼쳐진 것을 자주 보게 된다.
설악산의 봉정암에서도 이런 현상을 보았다.

신앙인은 남다르다. 그들이 하는 행위를 보면 존경심
이 인다. 선한 표정의 얼굴에 조심스러운 행동, 늘 편안하
고 웃는 표정에 부드러운 말씨로 주변 사람들을 행복하게
한다. 그런 분은 작고한 김 추기경이셨다. 테레사 수녀님도
그러한 분으로 기억한다. 신앙과 생활이 일치하는 사람들
을 보는 일은 신앙에 대하여 긍정적인 생각을 품게 한다. 그
신앙을 따르지는 않는다 해도 그런 분들을 보는 것만으로

도 마음이 편안하다.

어느 종교든지 제대로 되었다면 타인에게 해를 끼치라고 하기보단 도움이 되는 일을 권하거나 가르친다. 세상에 소금이 되는 일을 하라고, 그러한 행위를 할 것을 설교한다. 그런데도 이와 배치된 행위를 서슴없이 저지르는 사람들을 만나기는 어렵지 않다. 신앙을 방패 삼아 오히려 비신앙인보다 나쁜 행위를 쉽게 하나보다. 든든한 뒷배가 있어서 행패를 일삼는 불량배와 흡사 닮아 보인다. 이렇게 심하지는 않더라도 그들이 따르는 신앙에서 강조하는 행위와 엇나가는 일을 하는 사람들을 볼 때는 그 사람보다 그 신앙에 대해 적대적인 생각을 품게 된다.

종교인은 아니라도, 어느 특정한 신앙을 따르지는 않아도 선한 행동을 하는 분들을 보는 것도 어렵지 않다. 도움이 필요한 곳에 손길을 내미는 자원봉사를 하시는 분들도 그 중에 하나일 것이다. 자기 집 앞은 물론 동네를 청소하는 분들도 보고, 산에 오르면서 쓰레기를 줍는 분도 보았다. 종교에서 가르치는 일을 신앙인도 아닌데 그들은 실천하고 있다. 어쩌면 이들은 생래적으로 신앙심을 타고났는가 보다.

지탄 받을 일을 하고 신앙 역시 가지지 않은 사람들을 이른바 범죄인 중에서 많이 본다. 그런 중에 전과前科를 뉘우치고 개과천선한 사람들이 신앙을 받아들이는 경우도 심심치 않게 만난다.

설악산 봉정암의 마당에서 기도하러 온 대다수 사람들의 행태를 지켜보고 생각하면서 저녁 공양을 하고 있다. 만약에 신이 복을 내린다면, 어느 사람에게 은혜를 베풀까 궁금해진다. 넘어가는 석양의 빛은 알고 있겠지. 세상의 윤리 도덕을 따르면서 신앙의 대상이 없는 사람인지, 개인의 이기적 복락만을 꿈꾸며 이 높은 곳까지 올라와 기도하면서도 눈살을 찌푸리는 행위를 하는 사람인지, 산등성이에 홀로 우뚝한 바위는 알고 있겠지. 그들의 판정 결과가 의문인 채 이 심산의 밤을 맞이한다.

이상한 사람

살던 헌집을 헐고 새로 집을 건축하면서 겪게 된 일이 여럿이다. 이웃한 연립주택의 부녀회장이란 여자로부터 '이상한 사람'이란 소리를 들은 것도 그중의 하나다. 집을 짓다 보니 옆집과 여러 다툼이 있었다. 그런 것을 서로 시비하면서 '이상한 사람'이라는 말을 들었다. 한두 번도 아니고 여러 차례 듣다 보니 기분이 무척 나빴다. 무슨 근거로 나에게 그런 별칭을 붙이는가, 사고방식이나 가치 기준이 나와는 무척 다른 이상한 사람이라고 생각하며 꽤 불쾌했다. 그런데 얼마 안 가 아내로부터도 '이상한 사람'이란 말을 들었다. 안팎에서 듣다 보니, 그러면 정말로 내가 '이상한 사람'인가, 잠시 혼란스러웠다.

경우는 서로 달라도 그들이 생각하는 것과 다르게 생

각하고 말하는 나에 대한 반응이라 생각했다. 들을 때는 퍽 불편하고 화까지 나는 정도였다. 더구나 오랫동안 함께 살아온 식구에게 그 말을 듣자니 그동안 인생을 무척 삐뚤게 살아온 것이 아닌가 하는 자괴감까지 들었다. 그녀들로부터 들을 당시에 왜 나보고 이상하다 하느냐고 대들거나 부인해 보았다. "내가 이상한 게 아니라, 당신이 이상한 거 아니냐고, 참 별 이상한 사람 다 보았네"라고. 그렇게 받아치고 대거리하곤 속을 삭혀가며 분을 가라앉히려 애썼다.

불쾌하게 생각하는 중에도 정말로 내가 이상한 사람은 아닌가, 곰곰 따져 보니 그 말이 맞는다는 생각이 들었다. 나 자신은 바르고 정상인 것으로 생각하고 살아왔지만, 다른 사람이 보기에 이상한 사람인 것은 틀림없다. '그래, 나는 이상한 사람이다. 다만 그것을 나만 모르고 여태 살아왔다.' 이걸 알면서도 인정하지 않고 애써 외면하면서 살아왔는지 모를 일이다. 돌이켜 스스로 생각해 보아도 이상한 점은 분명 나에게 있다. '이상하다'는 것은 정상이 아니라거나 일반적인 상태와 다르다는 것인데, 들춰 보면 내 사고와 행동이 조금 특이한 데가 있는데 그동안 나만 모르고 있었나 보다.

이렇게 하나씩 따지며 그 속을 찬찬히 들여다보니 나는 분명 이상한 사람이었다. 나이가 아직 많은 편에 속하지도 않는데 수염을 기르고 다니지 않나, 사회적 지위도 있는데 입고 다니는 옷은 후줄근하고 거기에 운동화나 끌고 다니지 않나, 눈살을 찌푸릴 일이 있으면 그냥 참고 넘어가지 못하고 꼭 나서서 시비를 만들지 않나, 비누를 쓰지 않고 맹물만으로 몸을 씻지 않나, 이것저것 돌아보니 이상한 게 한둘이 아니다. 이것을 에둘러 좋게 말한다면 독특한 사람이거나, 매우 긍정적으로 보아 개성이 강한 사람이라고 바꾸어 말할 수 있지 않을까? 그것을 나만의 특성이라거나 유별난 자질인 양 자찬하며 대수롭지 않게 여기며 살아온 셈은 아닌가.

내가 납득하지 못하는 어떤 부분을 타인에게서 보게 된다면, 그는 이상한 사람이다. 우리가 타인을 모두 이해할 수는 없다. 어쩌면 어느 부분은 당연히 이상하게 보일 것이다. 이상하게 보이는 일면이 있는 타인은 나에겐 이상한 사람이다. 이는 상대적일 수밖에 없지만 나는 너에게 이상한 사람이고, 너는 나에게 이상한 사람이다. 그리 보자면 세상 사람들은 누구나 타인에게는 이상한 사람이다. 결국 세상살이는 이처럼 서로 이상한 사람끼리 모여 사는 게 아닐까? 그래서 이상한 사람들끼리 모여 사는 세상에는 여러 복잡한 갈등이 생기고 문제가 일어나며 서로 얼키설키 얽혀드나 보다.

그런데 참말로 정상적인 기계처럼 세상이 돌아간다면

어떨까? 모든 사람이 정상이어서 원칙과 규칙대로 바르게 살아간다. 여기엔 사람끼리 갈등이 없고, 아무런 문제도 안 생기는 세상이다. 마치 사고율 0%에 근접하는 공장의 생산 라인처럼 안온하고 무척 평화스럽기만 할 것이다. 어쩌면 인류가 간절히 바라고 구원久願하는 이상 세계가 이런 것은 아닐지.

그런데 그러한 세상이 과연 가능하기는 한 것일까? 여러 종교에서 말하는 천국과 극락이 이런 세상일까? 혹 사후일지라도 가능하다면 그 사람살이는 어떨까? 현실에서는 불가해도 공상空想으로는 가능할 듯도 하다. 헌데 아마도 그건 무미건조한 삶일 것이다. 아웅다웅 살아가면서 맛보는 잔잔한 재미도 없고 가끔씩이라도 가슴을 끓게 하는 환희도 없는, 그저 맹물 같은 삶은 아닐까? 이런 삶이 시시해서 못 살겠다고 자살자가 속출할 수도 있으리라.

나는 정상적인 사람만 사는 사회에서는 살고 싶지 않다. 그런 세상에 살기보다 이상한 사람이 우글대는 곳이 더욱 드라마틱하고 살 만한 스토리가 넘쳐나는 생동하는 사회가 아닐까? 정상적으로 보이는 사람도 살지만 아주 많은 이상한 사람들이 섞여 사는 사회, 감당키 어려운 아픔과 극복할 수 없는 난관이 존재하는 사회에서라도 그럭저럭 살고 싶다면 나야말로 진짜 이상한 사람인가.

임자는 따로 있는가

네팔 여행 중에 일어난 일이었
다. 버스에서 내려 화장터를 구경하러 가는 길에 여자 행상
이 달라붙었다. 나보고 장신구를 사달라며 매달렸다. 남자
인 내가 무슨 장신구가 필요하겠는가. 여러 사람 중에 뭘 보
고 나에게 왔는지 별 관심 없이 몇 가지 가격을 물어 보았
다. 살 생각이 없으니 부른 가격에 터무니없이 깎아서 흥정
해 보았다. 몇 번 실랑이하다가 그 아가씰 떨치고 멀어진 일
행의 뒤를 서둘러 따라갔다. 그렇게 그 행상 여인과 인연이
다한 줄 알았다.

얼마 전에도 인도 여행 중에 바라나시에서 힌두교의
장례 풍습을 본 적이 있었다. 이곳도 네팔과 다르지 않았
다. 거기보다 좁고 작았을 뿐이다. 그때는 보지 못했던 장

면을 직접 더 가까이에서 볼 수 있다는 것이 다른 점이었다. 세상을 하직하는 한 인간의 마지막 자취여서 그런가, 고해를 건너가게 되어 홀가분해설까, 아니면 떨쳐내지 못한 미련의 찌꺼기를 태우느라 그러는가, 풍겨오는 냄새는 코를 자극하고 머리를 어지럽게 하며 나에게 달려들었다. 오래 보고 있을 수 없어서 발길을 돌렸다.

인연이 다시 이어졌다. 아까 물리쳤던 그 네팔 아가씨가 다시 나에게 붙었다. 이승을 떠나는 장면을 보아서 그랬을까. 무엇이라도 하나 사주고 싶은 마음이 들었다. 아까 흥정했던 가격에서 조금 후한 가격으로 목걸이를 골랐다. 물건을 건네받으면서 물어보니 아가씨가 아니고 애 엄마였다. 작은 몸집에 까맣고 동그란 눈이 반짝여선가, 조혼의 풍습을 깜빡해서 그런가. 적선이라도 할 수 있는데 잘했다는 생각으로 웃으며 헤어졌다. 목에 걸고 버스로 돌아왔다. 다른 곳에 가면서도 그날은 그걸 계속 매달고 다녔다.

다음 날 아침 식사 자리였다. 평소 가깝게 지내는 여교수와 동석하여 식사하면서 창밖에 내리는 빗줄기를 바라보았다. 나는 청옥 빛 둥근 알 주위로 금빛 장식이 달린 어제 산 목걸이를 걸고 있었다. 그것은 이곳에서 내 목에 걸려 있다가 이후에는 집안 어느 구석에서 먼지와 친교하며 한때의 기억만을 증언할 것이다. 그 목걸이에 여교수가 우호적 관심을 보였다. 집사람에게 갖다 주면 아주 좋아할 거라고 부러운 듯 말하였다. 아내는 장신구에 별 관심이 없다. 오래전 폴란드 여행길에 꽤 값이 나가는 호박 목걸이를 사갔다가 핀잔만 들은 일도 있었다. 그 속마음을 눈치채고 그걸 드리겠다고 했더니 사양했다.

귀국 전에 그분에게 귀찮은 짐을 떠맡기듯 목걸이를 전했다. 몇 번 거절하더니 내 진심을 알고 받아주었다. 그녀는 헤어지기 전에 아내에게 주라고 훨씬 값이 나가는 입술연지를 손에 쥐여주었다. 네팔 여행길에서 즐거운 분위기를 잠시 돋우었던 그 물건은 그렇게 추억의 한 칸에 놓이고 잊혀졌다.

직원 식당에서 그 여교수와 오랜 뒤에 동석하게 되었다. 목걸이 선물이 감사했었노라고 다시 그 얘기를 꺼냈다. 시간이 상당히 흐른 뒤였기에 목걸이 건은 기억 속에서 오랜 동면에 들어 당분간 깨어날 줄 모르고 있었다. 그걸 노크하고 깨우더니, 그에 대한 말을 이었다. 얼마 전 부부 동반 모임에 가는데 그 목걸이를 본 남편이 아주 잘 어울린다고 찬사를 해서 매우 기뻤다고 했다. 그가 여태껏 한 번도 하지 않은 말을 해서 자신도 놀라웠노라 덧붙였다. 또 고맙다고 치사하는데, 별 대꾸도 못한 채 시간만 보내며 자리를 채웠는데 고액 수고비를 받은 것처럼 아주 쑥스러웠다.

식당 문을 나서면서 사소한 물건일지라도 환영받는 쓰임새가 따로 있을 수 있구나 하는 생각이 시원한 트림 너머 떠올랐다. 최빈국 네팔 여인에게서 약간의 동정심 때문에 나에게 왔던 물건이 그리 높은 값으로 대우받을지 어찌 알았겠는가. 나에게는 별게 아니어서 점점 그 존재 의미도 까먹은 채 먼지만 쌓여갔을 텐데, 여교수에게는 행복을 선물했다니 참 신기한 일이었다. 작은 것도 그 가치를 살려주는 임자가 있고 알맞은 자리가 분명 있다는 걸 알게 하였다.

문득 나는 과연 제대로 임자를 만나고 있는가, 세상에 존재할 참된 가치를 인정받고 있는가에 생각이 밀려든다. 아니면 역으로 내가 이 땅에서 소임을 제대로 하고 있는가, 생각은 꼬리를 물고 달려온다. 머리를 들어 하늘을 본다. 한가로이 구름 몇 송이 흘러간다. 짐짓 물어보고 싶다. 아직은 이에 적합한 답을 찾기 어렵다. 아마 이 땅을 떠날 때까지 영영 찾지 못할지도 모른다. 그래도 나는 계속 답을 구할 것이다. 이것이 내가 살아가는 이유라고 멀어져 가는 구름에 눈짓해 본다.

여성 시대

나는 남자다. 사람들은 내가 남자인 걸 다 아는데, 그걸 굳이 새삼스레 밝히려는 것은 무엇이냐 물을 것이다. 당연한 것을 내세우며 얘기를 시작하게 되었는데 특히 여성분들의 양해를 바란다. 혹시 남자들도 이런 태도에 못마땅할 수 있겠다. 분명 이건 남자들을 대표해서 나서는 것이 아니다. 나 혼자만의 생각이니 그냥 모른 체해 주었으면 좋겠다. 아니면 못 이기는 체 귀를 기울여 보시거나.

남자인 것을 굳이 글의 서두에 들이대는 것은 왜일까? 뭔가 세상을 놀랠 얘기를 하려는 것인가. 아니, 약간 다른 생각을 피력하는 데 그에 관해서 한 자락을 펴면서 시작하는 것은 상식에 반하는 일로 혹시 사회적 지탄을 받을까 염

려해서다. 나는 특별히 마초적이지도 않고, 초식남은 더욱 아니기에 그렇다. 그러면 게이인가, 그건 떠올리기조차 남우세스러운 일이니 결단코 아니다.

남자로 세상을 살아간다는 것은 무얼 뜻하는가? 세상의 반쪽이니 이에 대한 시원하고 확실한 답을 갖고 있는가, 라고 그대에게 묻는다면 어떤 말씀을 하실 수 있는가? 아마도 그렇다고 할 수 있고, 아니 그런 생각을 해본 적도 없다고 할 수 있겠다. 또는 바쁘고 복잡한 세상에 뭐 그런 시시한 것을 가지고 귀찮게 하느냐고 핀잔을 줄 수도 있으리라. 하여간 나에겐 궁금한 사실이라 한번 말을 꺼내본 것이니 그리 과민 반응은 안 하시면 좋겠다.

"갈수록 남성으로 살기는 어렵습니다. 어렵기에 마음을 다잡기 위해서 이렇게 여러 포즈를 취해 봅니다. 그 심정을 이해해 주기 바랄 뿐입니다. 특히 여성 여러분! 이 어려운 시대에 남자로 살면서 하소연을 한번 해보려는 것이니 따스한 가슴으로 품어 주시길 바랍니다. 이러면 아니 이 남자가 도대체 왜 이러는 거야, 라고 되물을 수 있겠지요. 너그러운 모성의 심정으로 제 얘기에 한 번만 시간을 허여해 들어주시길 앙망하면서 더 진행해 보겠습니다."

어느 라디오 프로그램 명칭처럼, 지금은 '여성 시대'이다. 이처럼 공인된 여성 시대에 살자니 남성은 괴롭다. 아주 더 진솔하게 말하자면 힘들어 죽을 지경에까지 몰렸다면 엄살이 좀 심한가. 이 여성 시대는 가정과 사회를 넘어 세계가 그 방향으로 진행 중임은 모두 인정하는 추세가 아닌가.

집안에서 남자는 더 이상 대접받는 존재는 아니다. 오히려 구박 데기 머슴 취급받기 일쑤다. 힘들고 궂은일을 전담하거나 그리하도록 유무언의 강요를 받는다. 이에 말이라도 할라치면 집안이 평온할 수 없다. 집안의 근력이 필요한 일에서부터 외부의 일까지 일거리가 많다. 직장 일로 피곤한 몸을 제대로 쉴 수 없다. 조상 남자들보다 일은 많아졌지만 그 대우는 반비례하여 급행열차를 타고 아래로 내달리는 중이다. 그 변화의 폭은 남자가 더 심한 데 반해 그 보응은 축소 지향의 길로 매진하는 형국이다.

국가나 사회에서도 남자의 일은 더욱 늘어나 고달프다. 온갖 위험이 도사리는 정글에서 여전히 최고의 사냥감을 잡아와야 한다. 이게 부족하면 가정도 이룰 수 없도록 외면받는다. 사냥터에 여성들이 대거 출현하면서 일어난 일이다. 공정하고 평등한 규칙의 헌장으로 더욱 힘들다. 국가의 안보를 위한 의무는 여전하지만 그에 대한 보상은 예전만 못하다. 투여 시간과 생명을 담보한 노력의 수고에 대해 합당한 프리미엄을 요구했다간 거센 반발로 저항의 물살을 피하기 어렵다. 후세 출산의 인류적 문제까지 끌어오며 압박하니 견뎌낼 재간이 없다.

일부 못된 남자들 때문에 거리에 서면 잠재적 성범죄자로 도처에서 여자들에게 의심의 눈초리를 받는다. 다중의 자리가 아니라 인적이 뜸한 골목길에서도 걷다가 둘만 마주치는 상황에서 그러하고, 무심코 눈을 마주치는 여자들을 볼 때마다 그런 낌새를 느낀다. 나는 후줄근한 복식에 추레한 데다 수염도 길렀지, 이건 영락없다. 늘 신사복을 단정하게 입고 말끔하게 면도하고 다녀야 하나? 이리 상시적으로 범죄인 취급을 받는 심정을 여성분들은 얼마나 공감할까? 그러한 위험에 자주 노출되어 있는 불안에 비하면 아무것도 아니라고 그럴까, 글쎄 그럴지도 모르지만.

남성 시대는 아니라도 남자의 수고가 정당하게 인정받는 사회가 그립다. 아니 온통 여성 시대인 세상에서 남자로 살기 싫다. 남자 파업을 하거나 시위라도 해볼까? 앞으로 살면서 혹 견뎌내기 어려우면 현대의 첨단 의료 기술을 빌려 성전환을 해야 하나? 혹 젊은 나이라면 모르지만 환갑이 지난 이제 와서 성전환을 할 수도 없고, 그러면 어찌해야 하는가. 참으로 답답하고 모진 세상이다. 조상 남자들은 이런 고민을 안 하고 잘도 살다 가셨는데……. 남성 우대의 혜택은 조상들이 보시곤, 세상 변화로 무능한 후손들에게 부채만 떠넘기시고도 저승에서 안녕들 하신지 따져보고 싶다.

집안에서도 사회에서도 남녀의 고유한 성역할이 많이 혼재되어 간다. 우리나라의 경우에 남자의 병역 의무와 여성의 출산을 제외하고는 직업이나 능력에서 남녀의 구별이 거의 없어졌다. 그러나 출생할 때 남녀로 구별되어 존재하니 그걸 신에게 따지거나 반기反旗를 휘두를 수는 없는 일이다. 할 수 없다고 푸념만 늘어놓다가는 꼴만 우스워지겠으니 나는 남자임을 사랑하면서 이대로 그냥 살기로 했다. 내 의사에 상관없이 남자로 태어났으니, 선택의 기회가 없었던 점에 대해서 불만이 없는 바는 아니나, 다른 도리가 없지 않은가. 나의 이 숙명적 삶의 태도에 관해 돌을 던지거나 용서해 주길 바란다.

머슴밥

팔을 앞으로 내밀지 않을 뿐, 초등학생처럼 앞으로 나란히 줄을 선다. 길게 늘어선 모양은 무료 급식소의 줄과 한가지다. 받은 식권을 내고, 나도 그 줄에 선다. 평소에 잘 대하지 않던 음식들이 눈길을 잡는다. '나를 집으세요. 오늘만 특별 서비스합니다. 놓치면 후회합니다.' 음식들이 예쁘게 단장하고 서로 손을 흔들며 호객한다. 눈길을 이리저리 주다가 몇 가지를 접시에 올려놓는다. 그리고 자리를 찾아 여기저기 기웃댄다. 두 손으로 잡은 접시의 안전 상태를 곁눈질하면서 홀 안을 일별한다. 수용소의 서치라이트 조명이 찾아낸 자리가 저기 보인다. 누가 자리 차지할세라 발길을 서둔다.

주인이 반가운 낯빛으로 손을 끌며 안내한다. 빈 곳에

자리를 잡는다. 방안을 둘러보며 자세를 가다듬는데 상이 들어온다. 둥그런 소반에 각종 그릇이 옹기종기 놓인다. 이집에서 마련한 잔치 음식들이 다정히 모여서 제 자랑에 바쁘다. 먼저 온 손들은 저쪽에 물러나 앉아 있다. '거, 홍어무침이 맛있네. 인절미도 쫀득쫀득하고 고소하다네. 국수 국물은 더욱 시원하지.' 선객先客들의 한두 마디 음식 평으로 잠시 귓가가 소란스럽지만 콧속에 스며드는 고소한 냄새에 침샘이 기다렸다는 듯 활동을 개시하고, 손은 냉큼 수저를 잡는다. 눈도 뒤질세라 잔칫상을 조감한다. 눈가에 보시시 웃음이 번진다.

자리에서 일어나 다시 음식 진열대로 간다. 드문드문 자리가 빈다. 접시에 여러 음식을 담을 수 없어 앞쪽에 차려진 음식을 대충 담아와 얼른 비운다. 자칫하면 음식이 섞여 배 속에 자리 잡기 전에 서로 인사를 나눌 것이다. 입맛의 순서대로 입장해야 그런대로 미각을 만족시킬 텐데. 미리 접시 마당에서 맛의 정체를 노출하면 속도위반의 딱지를 떼일지도 알 수 없다. 원하는 절차는 아니나, 늦으면 신선도가 떨어진 남은 식구나 입양하기 십상이다. 특히 누구나 선호하는 음식은 쉽게 동이 나니, 그걸 한 점이라도 맛보려면 서둘러야 한다. 혀의 미각 돌기가 발길을 재촉하니 마음이 덜렁댄다. 음식을 입에 넣고 천천히 맛을 보기는커녕

목에 넘기기 바쁘다. 삐끗하면 체할지도 모르겠다.

상을 물리면 그 방에 있던 사람들과 얘기를 나눈다. 자주 보는 사람들이지만, 그래도 이런 잔칫집에서 만나면 화제가 다르다. 주인공에 대한 덕담이 오고간다. 그와의 인연의 한 자락도 펼치기 마련이다. 소싯적부터 최근에 이르기까지 친교의 체험을 풀어놓는다. 혹간 폭소가 터지기도 한다. 얘기에 빠져서 누구라도 자리를 뜨려 하지 않는다. 방안 사람들의 안면에 화색이 돈다.

한류 음식에 1차로 오른 것은 비빔밥이다. 신선한 채소가 주류이고, 한 그릇에 담긴 색색의 나물도 눈길을 끈다. 참기름을 치고 고추장을 넣어서 적당히 비벼서 먹는 맛도 괜찮다. 여러 가지 재료들이 섞여서 복합적으로 우러나오는 맛은 별미임에 틀림없다. 딱히 입맛에 당기는 음식이 마땅찮을 때, 있는 반찬들을 함께 넣어서 비벼 먹는 편리함도 좋다. 한 끼를 쉽게 해결하고 빨리 먹을 수 있는 효율성도 인정할 만하다. 각 재료 고유의 맛을 잃을 수 있다는 것은 배고픈 자에게는 과도한 호기거나 한가한 망상이다.

샌드위치와 햄버거, 간편하고 맛도 좋은 편이다. 서양을 대표하는 패스트푸드이다. 햄버거지수라는 것이 있을 정도로 세계적으로 공인된 지구 보편의 음식이다. 이 음식은 탄생 배경도 흥미롭지만, 빨리 허기를 해결하고 일에 나서야 하는 도시의 바쁜 노동자에게 특히 잘 어울린다. 아이들에게도 인기가 높다. 어느 도시, 어떤 지역에 가더라도 쉽게 접할 수 있어서 편리하다. 거리에서 들고 다니며 먹거나, 차 안에서 운전하며 먹을 수도 있다. 햄버거 식성이 비만을 유발한다는 연구는 그냥 흘려듣는 정보의 하나다.

잔칫집에 가면 손님 대접을 받고 싶다. 바쁜 일상에서 특별히 시간을 내어 참석한 자리가 아닐 텐가. 양반 밥상처럼 독상은 아니어도 겸상이라도 맛을 즐기며 여유롭게 정담을 나눠가면서 식사하고 싶다. 뷔페식 잔칫상은 소란스럽고, 이리저리 오가며, 이것저것 기웃대며 날라다 먹기가 편찮다. 음식 선택의 취향도 다른 데다가 먹는 속도도 다르니 함께 한자리에 오래 앉아 있을 수 없다. 들락거리며 먹다 보니 얘기하던 화제도 자주 끊긴다. 자리를 옮겨 커피를 마셔 보지만 그곳은 다른 분위기로 낯설다. 얼른 먹고 일하러 가야 하는 머슴밥이 따로 없다.

바쁜 시대에 효율성으론 최고의 점수를 주어도 누가 시비할 수 없으리라. 현대 문명인의 도시 생활에 아주 적합하다. 많은 사람이 선호하는 것처럼 보인다. 양껏 먹을 수 있고, 자기 기호대로 한 끼를 골라 먹을 수 있는, 많은 사람이 일시에 몰리는 곳에서 누리는 최선의 잔칫상, 보편화된 현대식 손님 대접이 뷔페식이다. 이름으로 보아선 불란서에서 연유한 것으로 보이는데, 느긋하게 담소를 즐기며 오랜 시간 식사를 즐기는 그들의 음식 문화와 배치되는 것만 같아 의외다. 우리나라에 잘못 전해진 것은 아닌지 알 수 없다.

호텔식의 그럴싸한 대접을 바라는 것은 아니다. 각자 차려진 밥상에서 함께 어울려 먹는 것, 양반의 밥상은 아니어도 여유롭게 한 끼를 나누고 싶다. 초대받은 잔칫집에 아니 갈 수는 없다. 음식은 양반식인데, 차림은 머슴밥이어서 유쾌하지 않고, 피하고 싶다. 양반의 삶을 동경하는 시대에 뒤진 구식 남자도 아닌데, 머슴의 고단함을 겪어보지 않아서일까? 하여간 나는 뷔페식을 별로 좋아하지 않는다. 다디단 커피로 쓰린 마음을 달래도 달라지지 않는다.

도시의 삶을 벗어날 수 없는 한, 친지들과의 관계 단절을 각오하지 않는다면 이런 거북함을 견디며 살아가야 하니 씁쓸하기만 하다. 그렇다 해도 아예 끼니를 거르는 방법으로 신체에 폭력적 고통을 주면서까지 취할 고집은 아니지 싶다. 배 속에서 웅얼대는 작은 소리가 들린다. 주인의 심정을 알아챘는지 장기들이 제각기 한마디씩 불평을 쏟아내는가? 선홍빛 색깔에 끌려서 몇 점 갖다 먹은 쇠고기 육회인지 해동한 연어회가 말썽을 일으키나 보다. 이래저래 불편한 심신을 끌고 거리로 나선다.

유니폼

두 해 전에 집을 지었다. 건축업자에게 맡기지 않고 직영으로 지었다. 총괄적인 것은 직접 관리하지만 그래도 실제 건축 일에는 당연히 전문 기술자를 동원하여 부려야 한다. 이 과정에서 여러 종류의 작업 인부들을 만나게 되었다. 가장 자주 접하는 사람들이 목수였다. 거푸집을 만들고 또 해체하고, 다시 만들고 해체하는 작업을 여러 번에 걸쳐서 해야 하기 때문이다.

기존의 주택을 철거하고 터를 파야 할 때 맨 처음으로 만난 굴착기 기사와 건축 폐기물을 실어내는 화물차 기사들, 그 밖에 거푸집에 넣을 철근을 엮고 콘크리트를 타설하는 철근공, 필요할 때마다 틈틈이 불러야 하는 일용 잡부들, 벽돌 쌓는 조적공, 콘크리트 타설이 다 된 다음에 필요한 시멘트 미장공, 내부 도색하는 페인트공, 배관작업공과 전기 설비를 하고 조명을 설치하는 사람, 욕실과 주방에 필요한 타일공, 도배하고 장판을 까는 도배사까지 여러 종류의 작업에 필요한 인부들을 만나고, 그들의 작업을 지켜보고 때로는 필요한 잔심부름을 하고, 음료수도 제공하면서 대화를 나누었다.

간단한 일은 하루 만에 끝나는 일도 있고, 며칠 걸리지만 대화를 나눌 시간과 여건이 되지 않는 경우, 그들의 작업을 지켜보거나 구경만 하는 경우 등의 여러 상황과 마주쳤다. 이런 중에도 한결같은 것이 있었으니 그것은 그들이 일하면서 입는 복장이었다. 지켜보는 나와는 근본적으로 차이가 났다. 나도 깐엔 작업복이라고 차려입었지만 집에서나 나다닐 때나 평상시에 편히 입는 그런 옷과는 달랐다.

작업하기 위해서 그들은 해가 뜨면 바로 작업 현장에 출근했다. 그리고 작업복을 갈아입고 작업화로 바꾸어 신었다. 나는 그들보다 늦게 현장에 도착하므로 대개는 작업복을 입은 상태의 그들을 만났다. 그들은 작업복에 흙도 묻히고, 때도 묻히며 맡은 일을 했다. 현장을 정리하고 마지막으로 그곳을 떠나야 하였기에 나는 그들의 가는 모습을 거의 매일 보게 되었다. 그러면서 새로운 광경을 접하고 놀랐다.

옷을 갈아입고 갈 때의 모습에는 힘들고 험한 건축 현

장의 노동자 분위기를 찾을 수 없다. 정규 직장에 다니는 사람들과 같은, 또는 가볍게 어디 산책이나 나들이라도 다녀오는 것과 같은 차림을 보면서 놀랐다. 배낭에 작업복과 작업화를 담아 메고 옷을 갈아입고 나서면 등산객의 복장이 되기도 하고, 또는 배낭만 빼면 평범한 일상인, 넥타이를 매고 회사에 출퇴근하는 신사와 다를 게 없다. 작업복을 벗으면 그들은 도시에서 흔히 만나는 사람들이다.

그렇게 변신한 그들을 보는 것은 신선하다 못해 새로운 느낌을 갖게 했다. 일터에서의 다른 복장과 모습은 나처럼 변함없는 복장으로 살아온 사람의 입장에서는 낯설었다. 이것이 이른바 블루칼라와 화이트칼라의 차이인가? 그렇지만 일할 때와 평상인으로 돌아섰을 때의 구분이 명확한 것이 오히려 부럽기만 했다.

알고 보면 일반 기업에 종사하는 사람들은 대개 그 회사만의 고유한 복장, 곧 유니폼이 있다. 그들은 일터에 와서 그 옷을 입고 일하고, 집으로 향할 때는 평상복으로 나선다. 그 밖에 거리에서 만나는 경찰의 유니폼, 병원에서 보게 되는 의사, 간호사의 유니폼 외에 별달리 일상에서 유니폼을 접하기는 쉽지 않다. 그런데 집을 지으면서 만나게 된 노동자들을 보면서 그 작업복이 일종의 그들의 유니폼이라는 생각이 들었다.

특히 명문대 교수의 논문 표절로 인한 사직이 중요 뉴스로 보도되는 날에는, 정말로 정직한 전문가로서의 자세를 다지기 위해서라도 유니폼이 필요하다는 생각이 든다. 교수도 일반인이 금세 알아볼 수 있는 유니폼이라도 입고 연구하고 강의해야 하지 않을까? 시각적인 외양을 갖추고 일할 때, 내면의 부실함을 감추기보다 전문직의 충실을 더욱 잘 다질 수 있는 것이 아닌가 싶다.

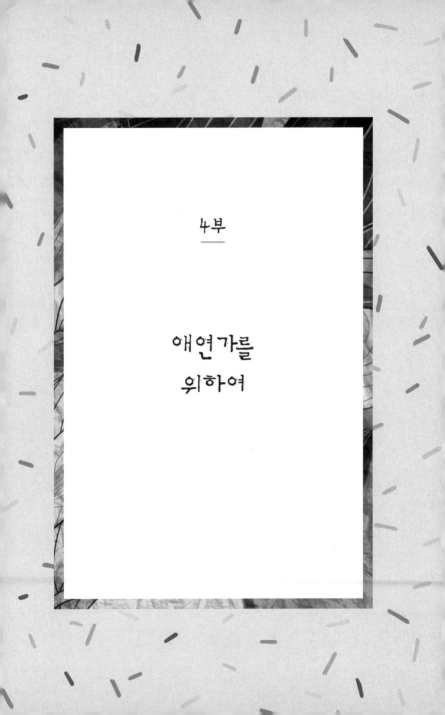

4부

애연가를
위하여

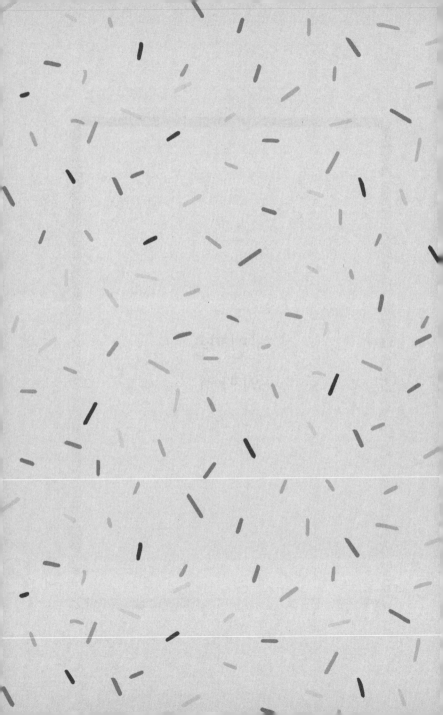

압록강은 흐르고

얼마 전 중국에 다녀왔다. 학술
대회 참석차 방문한 길이었다. 이틀간의 국제 학술대회를
치르고, 참석 회원 일부가 백두산에 가기로 하여 동행하였
다. 가는 길에 단동에 들렀다. 잘 알다시피 단동은 과거에
안동으로 불렸고, 한반도의 신의주에서 다리를 건너면 이르
는 곳이다. 그 사이에는 압록강이 흐른다.

두 번에 걸쳐 압록 강가에 나갔다. 밤에 가서 북한 쪽
신의주를 바라보았다. 몇 개의 불빛이 보였는데, 그중에서
도 다른 곳보다 넓고 밝게 보이는 곳은 김일성 동상이 있는
곳이라고 동행한 조선족 가이드가 알려주었다. 맞은편 단
동은 높은 건물마다 네온사인이 번쩍거리는데, 참으로 대
조적이었다. 천국과 지옥처럼 확연히 대비되는 풍경은 구

경거리로서는 충분했다. 그 사이 흐르는 압록강의 물빛도 중간쯤에서 다르게 보이는 듯했다.

그 풍경을 보고 있자니 착잡했다. 일행들은 그 풍경을 배경 삼아 사진 박기에 여념이 없어 보였다. 사진을 같이 찍자고 하여 그 옆에 나란히 섰다. 그런데 표정을 어찌 잡아야 할까 곤혹스럽기만 했다. 관광객으로 치자면 밝고 환하게 웃으며 찍어야 정상이다. 그러자니 심정은 북녘의 컴컴한 하늘처럼 어둡기만 한데 웃을 수도 없고……, 난처한 심중은 웃는 것도 아닌 찡그린 것도 아닌 이중적인 어설픈 표정을 짓게 했다.

다음 날 아침엔 끊어진 압록강 철교, 6·25사변 때 폭격으로 반 토막 난 곳에 가 보니 압록강은 나누어지지 않고 흘렀다. 중간의 이쪽이나 저쪽이 다름없어 보였다. 물길 따라 흐르는 물만도 못한 내 신세는 이쪽에서 저쪽을 갈 수 없다. 이민족이 사는 중국도 자유롭게 오가며 관광하는데, 같은 한민족이 사는 저 땅은 자유롭게 갈 수가 없다. 깊은 강물 속의 바닥처럼 보이지 않는 비애가 가슴 깊이 흘렀다. 압록강이 흐르는 것을 보는데, 마음속에서 뭐라 정확히 표현할 수 없는 아픔의 고동이 심장을 울렸다.

압록강 상류로 올라가 유람선을 타고 더욱 가까이에서 북한 땅을 바라보았다. 헐벗은 민둥산에 옥수수 몇 그루,

드문드문 오가는 북녘 사람과 초소의 경비원들, 섬 풀밭에 양 몇 마리, 큰 소리로 부르면 들릴 만한 거리 저편에서 후줄근한 북한 인민들의 삶이 다가온다. 다가갈 수 있지만 건너갈 수 없는 저곳, 관광의 기분은커녕 비탄의 물길만이 흐른다.

언제쯤 편안하게 관광을 즐길 수 있을까? 환하게 즐거운 기분으로 사진을 찍고 오가며 만나서 함께 어울릴 수 있을까? 풀기 어려운 수학 숙제마냥 무거운 돌덩이를 가슴 한편에 담아 넣고 유람선에서 내렸다. 압록강의 유람선은 한국 관광객에겐 착잡한 탄식의 배일 뿐이다. 일행 중에는 그냥 신기하게 저편을 바라보고 즐겁게 담소하며 사진을 박고, 유람선으로 다가온 북한의 나룻배로부터 물건을 사면서 좋아하는 자들도 있었다. 어찌 되었던 여행은 여행이니 그 나름의 분위기도 있고 그것을 즐길 자유와 권리도 있는 거지만, 그걸 바라보는 나는 결코 편하지 않았다. 불쾌한 심정이니 가래침만 압록강 물에 뱉어 버렸다.

백두산 가는 길의 통화에선 북한 식당, '모란봉'에 들렀다. 선발된 북의 미녀들이 북한식 음식을 내오고, 악기를 연주하고 노래도 부르며 춤도 추었다. 신나는 음악으로 분위기를 돋우며 흥겹게 손들을 맞이하는 것처럼 보였다. 한쪽 편에 미리 자리 잡은 중국 손님들은 그들이 노래를 부르자신이 나 흥겨운 만찬을 즐기고 있었다. 어떤 손님들이 무대의 공연을 카메라에 담으려 하자 그녀들은 제지하기에 바빴다. 어느 나라, 어떤 관광지에서도 허용되는 사진 촬영을 무슨 이유 때문인지 그들은 막았다. 이 또한 이질감을 느끼기에 충분했다. 무엇을 두려워해서 그토록 경계하는 걸까?

이들이 제공하는 음식을 사 먹는 것에서도 마음이 편치 않았다. 궁핍한 북한 인민을 위해서라는 생각이라면 맘껏 사먹고 그 수입을 올리도록 협조해야 한다. 그렇지만, 그들의 폐쇄적인 행태와 수많은 인민들을 굶주림과 고통에 내몰고 있는 김씨 왕조를 하루 빨리 파멸의 길로 내몰기 위해서는 장사가 안 되도록 그곳을 찾지 않는 것이 바른길이 아닌가. 이런 이중적인 생각에 중국 현지음식으로 텁텁해진 입맛에 칼칼한 김치 맛도 제대로 맛보기 면구스럽기만 했다.

고구려의 왕도였던 집안에서 북한의 만포 땅이 가까웠다. 광개토대왕비가 벌판에 우뚝 서서 중국 땅을 호령하고 있지만, 유리 상자에 갇혀서 답답하게 서 있는 모습을 보자니, 꼭 우리네 신세와 닮아 보였다. 장수왕릉의 표지판 설명에 보면, 고구려도 중국의 한 지방 정권으로 기술한 것을 보게 된다. 땅은 물론이려니와 역사마저도 그들이 가져갔다. 북한의 황폐한 산야와 중국 땅의 대조적인 풍성한 밀림을 환한 태양 아래 확인하면서 무너져 가는 광개토왕릉의

돌무더기에 마음이 가닿았다.

심양으로 향하는 버스에서 백두산에 올라 천지를 내려다보면서 떠올랐던 생각을 곱씹었다. 천지도 하나의 호수로 저리 고요하고, 압록강도 한 줄기로 흐르는데, 민족만 둘로 나뉘어 있다. 이건 아무래도 자연스럽지 않다. 천지와 압록강이 자연스럽게 둘로 나뉘지 않은 하나로 고여 있고 흐르고 있는데, 땅이 남과 북으로 반 토막 난 건 자연의 순리를 거스르는 현실이다. 언제가 될지라도 반드시 자연스러워져야 한다. 이를 위해 과연 나는 무엇을 어찌해야 할 것인가. 무심한 듯 제 갈 길로 흐르는 압록강을 다시 찾아가 목청껏 외치며 하소연하고 싶었다. 고속도로에 들어선 버스는 바람을 가르며 목적지로 달렸다. 창밖에 펼쳐지는 풍경이 보기 싫어 커튼을 내리고 눈을 감았다. 어제 본 압록강이 눈앞에 나타났다.

의료 사고

의료인들의 파업은 낯선 단어다. 파업이란 일반 노동자들의 행위로 알고 있는데, 하얀 가운의 의사들이 파업한다니 의외의 현상이다. 노동자 파업과 다른 것은 그들이 자신들의 근로 조건과 임금 개선에 관한 것이 아니라, 국민 건강을 명분으로 내세운다는 점이다. 공익을 위한 파업이란 점을 전면에 내세우는 것이 특이하다.

의료인과 관련된 언론의 뉴스는 간혹 보도되는 의료 사고가 대종이다. 무리한 수술이나 잘못된 시술로 생명을 잃는 환자에 관한 뉴스. 아름다움을 찾다 잘못되어 목숨을 잃는 사건이 가끔 알려진다. 얼마 전에는 할머니 환자와 젊은 치과 의사의 폭행 장면이 아주 생생한 화면으로 전달되어 충격을 준 바도 있다. 잘잘못은 판사들이 법정에서 가릴 일이지만 사람의 생명과 건강을 책임지는 의사들에게 부정적인 사건이 일어나는 것은 매우 유감스러운 일이다.

누구라도 살아오면서 병원을 찾고 의사들을 만나지 않을 수 없는데, 나만 해도 몇 번의 불쾌한 경험을 한 바 있다. 의료 사고는 아니지만 그 기억은 유쾌하지 않는 것은 물론이고, 그런 경험을 겪으며 하얀 가운 뒤에 숨겨진 비밀을 훔쳐보는 듯했다. 인생살이의 여러 경우이거니 생각하면서도, 언론에 보도되는 다른 사건들을 보면서 생각은 많아진다.

딸애 유아 시절이었다. 딸의 아래쪽 속눈썹이 눈동자를 스치거나 살짝 찔렀다. 말을 제대로 할 때가 아닌데, 눈을 불편해해서 보다가 그런 걸 발견하게 되었다. 당연히 안과에 갔다. 의사는 수술해야 한다고 했다. 계속 놔두고 그대로 방치하면 시력과 안구에 문제가 생기니 빨리 수술하자고 했다. 나는 망설였다. 아직 어린애인데 수술의 고통을 겪게 하고 싶지 않았고, 성장하면서 달라질 수도 있지 않겠나, 란 생각이 들었다. 의사가 만류했지만 조금 더 지켜보자면서 약간의 위험성을 무릅쓰고 병원을 나섰다. 얼마 지나지 않아서 그런 현상이 사라졌고, 내 판단이 옳았다. 의사의 오진이었다.

아들이 어릴 때 감기에 걸렸다. 쉽게 낫지 않아서 근처의 대학병원에 갔다. 폐렴이라는 진단이 나왔다. 입원하면서 치료하기로 했다. 그런데 담당 수련 의사가 조직 검사를 해야 한다면서 보호자의 동의를 구했다. 의사의 말로는 보다 정확한 치료를 위해서 필요하다고 했다. 몸 안의 폐에 칼을 대어 세포 조직을 떼어내야 하는데, 어린 몸인데 딸 때처럼 망설여졌다. 그때보다 더 큰일이다. 쉽게 결정을 내리지 못했다. 역시 더 지켜보자고 검사를 일단 거부하고 치료 경과를 보기로 했다. 결국 문제없이 얼마 뒤에 퇴원했다.

젊어서 치질 질환이 있었다. 그 당시는 요즘처럼 항문외과가 따로 없던 시절이었다. 자연스레 비뇨기과에 갔다. 치질 관련 진찰을 받으려니 하의를 내리라고 했다. 그런데 그 의사가 예상 밖의 얘기를 한다. 진료과를 잘못 찾았는가 싶게 당황스럽기만 했다. 여자 간호사 앞에서 한다는 소리가 포경수술을 하자고 했다. 본말이 전도된 상황에 붉어진 얼굴로 문을 나섰다. 다음에 봐서 하겠다는 말을 뒤에 던져두고. 아직도 그 수술은 하지 않고 잘 살고 있다.

이가 문제가 있어 집 근처의 치과에 갔다. 앞니가 흔들리고 출혈이 있었다. 그 의사는 발치하고 임플란트를 해야 한다고 했다. 집에서 조금 멀지만 이미 임플란트를 했던 치과가 있어서 그리로 갔다. 그곳의 의사는 잇몸에 문제가 있는데, 우선 필요한 염증 치료를 하고 계속 불편하면 그때 결정하자고 했다. 그 뒤에 아무런 문제없이 몇 해가 지난 뒤까지 잘 쓰고 있다. 같은 의사지만 다른 진료를 하였다. 의원의 수입보다 환자를 먼저 배려하는 의사라고 생각했다.

누구나 살다 보면 아프거나 다칠 수 있다. 그러면 병원의 의사를 찾아간다. 그것은 그들이 아픈 사람들을 치료하여 건강을 찾게 할 수 있는 전문가이기 때문이다. 거기에 그치지 않고 전문가로서의 시술 능력만이 아니라 인간적인 신뢰를 품고 간다. 환자의 고통을 진정 동감하면서 치료에 최선을 다한 히포크라테스나 허준의 정신을 물려받았기를 기대하면서. 그래서 나이의 고하를 막론하고 의사는 모두 '선생님'으로 불리지 않는가. 실망스런 몇 번의 경험이 있지만, 앞으로는 그렇지 않은 분들을 만나고 싶다. 아니 가능하면 만나지 않고 살기 위해서 지금보다 더욱 건강관리에 유의하면서 살아야겠다고 다짐한다.

보수주의자

우리나라 삼거리를 대표하는 건 천안삼거리다. 민요까지 있을 정도이니 삼거리를 대표한다고 해도 틀리거나 지나친 말은 아니다. 그곳엔 능수버들이 휘늘어졌다고 민요 가사에도 나온다. 지리상으로 서울에서 내려가던 길이 충청도와 전라도, 경상도의 삼남으로 갈리는 곳을 그렇게 불렀을 것이다. 그 밖에도 여러 지역에 삼거리는 많을 텐데, 내가 사는 곳과 멀지 않은 곳에도 미아삼거리가 있다.

흘러간 노래인 '단장의 미아리 고개'는 돈암동을 넘어 의정부로 향하는 곳에 안암동에서 오던 길과 만나는 자리를 부르던 이름. 얼마 전에 지하철을 타고 지나다 보니, '미아사거리'로 역명이 바뀌어 있는 걸 보았다. 지하철이 개통

되었을 때부터 사용하였던 '미아삼거리' 역명이 그만 사라져 버렸다.

실제로 삼거리가 사거리로 된 것은 꽤 오래되었다. 더구나 차량의 원활한 통행을 위해 오랫동안 자동차 전용 육교까지 설치하였고, 번동으로 넘어가는 길을 개통하여 사거리로 진즉에 사용하여서 그 역명에 대하여 별다른 개명의 필요성을 깨닫지 못하였으리라. 그런데 교통 소통에 그다지 효율적이지 않고 미관상 보기 흉하다 하여 도로 보도용 육교와 자동차 육교를 철거하는 흐름이 불었다. 그 조류에 청계천 고가도 이미 헐렸고, 이곳 미아삼거리 고가도 헐렸다. 막힌 것을 헐고 보니 고가로 가려졌던 사거리 풍경이 한눈에 들어왔다. 그때부터 삼거리란 이름과 사거리 현장이 하나둘 사람들에게 막연히 어울리지 않게 보였을 것이다.

그래도 지명과 지형이 바뀌는 일은 어제오늘 일이 아니니 그대로 수년간 지냈는데 이제 현실에 맞게 바꾼 모양이다. 천안삼거리도 오래 전에 훤하게 사거리 대로로 바뀐 것으로 안다. 하지만 그 지명은 여전히 살아 있다. 경기민요 '천안삼거리'가 불리는 한, 사라질 수는 없을 게다. 그런 것이 없어서일까, 미아삼거리는 이제 저 넘어가는 태양처럼 역사 저편으로 사라지고 새로운 이름 미아사거리로만 남게 되나 보다.

우리네 주소도 금년부터 도로명 주소로 바뀌었다. 지번 주소에서 도로 좌우를 순차적 일련번호로 매겨 건물들이 새로운 이름을 얻었다. 당연히 예전 이름은 점차 기억 속에서, 각종 문서에서 사라져 갈 것이다. 이에 따라 각 고유 지명 유래에 담긴 정겨운 향취가 사라지는 건 물론이고, 도시 문명의 효율성과 편리함만 남아서 더욱 삭막해지지 않을는지.

도로명 주소로 바뀌면서 같은 도로명 번호가 수백 개에 이르는 게 하나둘이 아니게 되었다. 처음 시작되는 1번부터 끝 번호인 수천 번까지 도로의 특성이나 개별성이 전혀 존재할 수 없게 되었다. 지역의 고유한 특성은 단순화한 번호에 의해서 모두 사라졌다. 편의성만을 생각한 나머지 그 지역 명칭이 가진 문화적 가치나 고유한 개별성이 사라진 셈이다. 마치 출석 편의를 위해서 학생들을 이름이 아닌 번호로만 부르는 식이 되었다. 각자 개별성은 없고 번호만 남으니 사무적인 효율성은 있을지 모르나 학생 개개인의 개성은 찾을 수 없는 것처럼.

이미 이러한 것은 우리 사회의 일반적인 현상이 된 지 오래다. 사람을 번호 매겨 부르는 것은 감옥 죄수 번호만이 아니다. 라디오 방송에서 청취자가 건 전화번호 끝자리로 그를 부르는 일, 음식을 주문하고 그 번호로 찾는 일, 아파트 호수를 그 사람 대신 부르는 일 등은 주변에 널려 있다. 사람이 번호로 매겨지는 것은 미래 세계에서는 당연시될지도 모른다. 출생하면서 몸에 고유 번호를 새겨 넣는 날이 다가올 수도 있다. 번호로만 존재 가치를 인정받는 인간, 그건 사람이 아니라, 공장에서 생산된 제품이나 상품과 다를 게 없다. 인간이 한 개 물건이 되는 날이 머지않았으니 근대 문명이 도달하게 될 필연적인 결말이 아닐는지.

사거리는 근대 문명의 표상이다. 근대는 도시 건설과 도로망 확충으로부터 시작했다고 보아도 될 것이다. 요즘도 신도시를 건설할 때 보면 도로부터 뚫고 건물을 짓는 것을 본다. 직선과 직선 도로가 교차하면 자연스레 사거리가 생긴다. 그런 사거리는 이제 도시 모든 도로에서 만난다. 그런 중에 삼거리는 오히려 특별한 경우에만 드물게 볼 수 있다. 지명에서도 삼거리가 하나씩 사라져 가니 이 이름에 대한 향수만이 더욱 절절해진다.

사라지는 것이 어디 이름뿐이랴만, 인간 중심의 전래 문화는 물질 위주 현대 문명에 자리를 내어주고 패배하여 비틀거리면서 하나둘씩 우리 곁에서 사라지고 있다. 삼거리 주막과 주모는 아득한 옛날의 일이 되었듯, 지나면서 왠지 친숙하기만 했던 '미아삼거리'마저 사라지니 그 아쉬움이 커 편리한 지하철의 교통 시설마저 밉게 보인다. 그렇다고 걸어 다닐 수도 없으니 이 딜레마 속에서 하루하루 살아갈 수밖에 없는 인생이 돌연 가엾기만 하다. '삼거리'란 이름 하나 때문에 너무 민감하게 반응하는 건 아닌지 모르겠지만.

정말로 이제는 의식마저도 보수주의자가 되어 버렸다. 보수保守란 글자 뜻대로 '지킨다'이니, 현재 상태 것을 그대로 지키고자 하는 의식일 터이다. 달리 보수주의자가 되는 것이 아니라 세상의 재빠른 변화를 따라가기엔 점차 벅찬 것을 느끼다 보니, 보이던 것이 바뀌지 않고 그대로 가면 좋겠다는 생각으로 굳어진다. 어느새 근력과 유연성도 떨어져 변화에 쉽게 적응하기 힘들고 어렵기만 하니 슬금슬금 그리된 것인가. 어느 분의 수필처럼 '그냥 이대로가 좋다'마냥 세상만사 그냥 이대로 있어 달라고 부탁하면 안 될까 싶다.

노래방

노래방은 이제 모임의 중심이 된 지 오래되었다. 식당에서 식사와 음주를 하고 다음에 옮겨 가는 장소는 으레 노래방인 경우가 다반사다. 어느 식당은 이런 풍조에 맞게 건물 한편이나 다른 방에 노래방 기계를 들여놓고 손님을 유도하기도 한다. 일본에서 전래된 것으로 알고 있는 이 회식 문화는 우리의 삶 깊숙이 침투하여 사라지기는 어렵게 되었다. 비슷한 경로를 거친 화투도 시공간을 가리지 않고 한국인들이 좋아하는 놀이가 된 지 꽤 오래된 것처럼 말이다.

노래방에서 노래를 부르는 사람들의 특징은 사람들을 향해서 노래를 부르는 게 아니라 가사가 박자에 맞추어 나타나고 지워지는 화면을 본다는 거다. 그래야 제대로 반주에 맞는 노래를 부를 수 있고, 가사를 틀리지 않을 수 있기 때문이다. 기계를 보게 되어 청중과 눈을 마주칠 이유가 없으니 노래 부르는 사람을 보면서 그것을 들어야 할 사람들이 다른 짓을 하게 된다. 노래하는 사람을 제쳐두고 자기들끼리 얘기하거나 음식을 먹고 마신다.

노래방에선 함께 모인 사람들이 노래의 흥취를 공감하고 즐기지 못하고 개인 흥에 멈추고 만다. 남 앞에서 부르는 노래라는 것이 함께 고개를 끄덕이거나 표정으로 반응을 해가면서 부르고 들어야 제맛인데, 기계의 화면과 대면하여 부르는 노래는 혼자만의 놀이와 다를 게 하나도 없다. 겨우 노래가 끝나고 화면에 표시된 점수를 보면서 만족하고 말 뿐이다. 그럼 다음 사람이 동일한 방식으로 이어지다 정해진 시간이 끝나면 노래방을 나와 각자 흩어진다.

노래방 기계에 매이다 보니 가창자만의 감정에 따라 리듬을 조절하며 전달하지 못하게 된다. 그렇기에 그 노래를 부른 진짜 가수가 노래방 기계에서 부르면 일반인보다 점수가 적게 나온다는 얘기는 정설이다시피 되었다. 처음으로 세상에 노래를 발표하고 그것을 부르며 사는 일이 직업인 가수보다 더 좋은 점수를 얻다니 이건 기계의 승리라기보다 인간 종속이며 패배다. 이젠 감정 조절까지 기계에 지배당하는 셈이 아닌가. 일제의 식민 지배도 억울한 한을

다 풀어내지 못한 차에 일제 노래방에 우리 감정까지도 조종되는 현실이 되었다.

대중가요는 창자의 감정 표현과 전달이 청자의 흥을 돋우는 알맹이다. 이걸 기계에 맡겨놓으니 사람이 끼어들 틈새가 없다. 마치 소가 빠진 찐빵처럼 퍽퍽하기만 하다. 내 흥에 맞추어 몸을 흔들고 손으로 박자를 맞추거나 무엇이라도 두드리며 부르면 그 흥이 더욱 깊고 넘칠 텐데, 이게 당최 불가한 노래방에서 어찌 참다운 흥이 우러날 것인가. 노래를 부르면서 기계에 절도 있게 맞추는 것보다 간혹 박자가 틀리거나 늦든지 빠르면 어떤가. 창자의 흥을 충분히 표현하고 청자가 그 흥을 충실하게 느끼면 최고의 노래가 아닌가 말이다. 가사가 틀려서 쩔쩔맬 수도 있지만 가락에 맞추어 즉흥 가사로 넘어가며 현장의 분위기를 살리면 함께 즐길 수 있다.

식당이나 술집에서 젓가락으로 장단을 맞추고 노래를 함께 부르며 즐기던 흘러간 시절이 참 아쉽다. 노래가 나오면 먼저 가사를 적고 외우며 그 정서를 음미하면서 한 줄, 두 줄 익혔다. 가사를 외워가며 내 감정을 그 노랫말 사이에 끼워 넣기도 하고 한 마디, 두 마디 흥얼대며 노래의 맛을 알게 되는데, 모두 노래방 기계 속으로 사라져 버렸다. 우리는 번쩍대며 돌아가는 조명 아래서 화면을 보면서 혼자만 노랠 부르는 고독한 그림자가 마냥 애처롭기만 한 시절에 살고 있다.

그래서일까, 가사를 찬찬히 음미하며 그 뜻을 되새김질할 노래가 요즘엔 별로 없어 보인다. 짤막한 몇 구절만 반복하거나 별다른 의미 없는 구호만 연속으로 부르짖는 것처럼 들린다. 그에 맞추어 요란한 몸동작이 필수적으로 따라 붙는다. 듣는 노래가 아니라 보는 노래가 된 지 이미 오래전의 일이지만, 노랫말이 아예 없었던 순수 음악으로 돌아가려고 그럴까. 음악에 리듬만 있으면 되지 말이 왜 필요한 것이냐고 사람들이 되물을지 알 수 없다. 음악이 그저 즐겁고 흥겨우면 그만이지 무슨 의미를 찾으려 하느냐고 손가락질할지도 모르겠다.

소에게 육식 사료를 먹여서 광우병이 출현한 것이라는 뉴스를 언젠가 본 기억이 있다. 되새김질 할 필요가 없는 것을 먹다 보니 그런 해괴한 병에 걸려 소들이 죽어 넘어지는 건 아닌지 모르겠다. 노랫말의 의미를 되새겨 부르지 않아도 되는 노래를 화면을 보면서 계속 부르다 보면 광우병 소처럼 어느 날 픽픽 쓰러지는 건 아닐까. 누가 노래 부르다 쓰러진 줄도 모르고 노래방 기계에선 쿵 작작 쿵 작작 소리만 커져 가고……

스마트한 시대

현대의 문명 발달은 눈이 부실 정도로 빛나고, 빛처럼 빠르게 다가온다. 그 대표 주자는 일상생활에 들어온 전자기기다. 집안 구석구석 안 미치는 곳이 없다. 어찌 보면 생활의 전면을 이러한 기기들이 점령하여 주인 노릇하는 셈이라고 해도 아주 틀린 말은 아니다. 우리는 일상에서 이 전자기기를 빼고는 하루 한시도 살 수 없는 환경에 놓여 있다.

이 중에서도 가장 대표적이며 빠른 행보를 보이는 것이 바로 '스마트폰'이라는 멋진 이름으로 불리는 전화기다. 들고 다니는 전화기가 등장했을 때만 해도 코페르니쿠스의 지동설 발견 이상으로 놀라운 일이었는데, 여기에 들고 다니는 컴퓨터를 보게 되었으니 콜럼버스의 신대륙 방문에 버금가는 충격이다. 이걸 초등생 꼬마부터 늙수그레한 노인들까지 손에서 떼어놓질 않는다.

지하철을 타고 있자면 그들의 손에는 어김없이 스마트폰이 들려 있다. 흔들려 가는 버스 안에도 똑같은 스마트폰족이 자리를 차지한다. 이뿐만 아니라 걸어가면서도 스마트폰과 사랑에 빠진 사람들을 보기가 어렵지 않다. 집 안이나 밖에서나 사람들이 있는 곳엔 언제나 스마트폰이 넘실댄다. 사람이 사는 것이 아니라 스마트폰이 살고 있는 세상으로 보이기까지 한다.

스마트폰을 들고 다니는 것만으로 그치는 것은 물론 아니다. 남에게 자랑하려거나 드러내어 멋을 내려는 장신구는 결코 아니지 싶다. 사용하려고 들고 다니는 물건이니 제 기능을 충실히 발휘할 기회를 주어야 한다. 스마트폰이 손에서 제 역할을 다하려면 귀와 눈의 협조가 있어야 하리라.

스마트폰은 애초에 우리에게 핸드폰이었다. 손으로 들고 다니며 사용하는 전화기인데, 이 손이 부담스러우면 주머니나 가방에 담아두고 필요할 때 꺼내 쓰면 손의 일이 줄어든다. 그때는 귀나 눈의 우정 출연도 별로 필요치 않았다. 등장할 장면에만 인생 무대로 나와 제 역의 대사만 하고 사라지면 되었다. 인생 공연의 단역 조연 정도에서 만족해야 했다.

그런데 스마트폰으로 이름이 바뀌면서 무대의 주인공과 다름없이 되었다. 스마트폰의 연출가인 손도 마찬가지지만, 동반 출연자인 귀나 눈의 노동 시간도 대폭 늘어나 버렸다. 걸으면서까지 스마트폰의 공연 영역이 늘어나니 덩달아 연출가 손님과 동료인 귀와 눈도 쉴 새 없이 종종거리며 무대에 오르기 바쁘다. 모든 공연이 성황을 이룬다고 연출가가 매번 좋기만 할 것인가. 주연 배우가 잠시 체력을 보충하려고 쉴 때나 겨우 틈을 얻어 노동에서 놓여날 수 있다.

피곤한 눈과 귀에 정신이 집중되고 사용 시간이 늘어가면 이를 조종하는 뇌는 얼마나 피로할까? 뇌가 피로하면 정신적으로 또한 피로하지 않겠는가. 피로한 정신은 정녕 행복할까? 스마트폰의 사용이 이름 그대로 '멋진' 물건이라면 그 물건을 사용했을 때 멋진 삶이 주어져야 할 텐데, 정신을 피곤하게 한다면 그것은 이름에 반하는 결과다. 스마트폰으로 이목耳目이 피곤하여 행복할 수 없다면 이 무슨 아이러니인가.

인류의 생활을 편리하게 하여 삶의 만족도를 높이고, 궁극 목표인 행복을 주고자 수많은 과학자와 기술자들이 밤잠을 줄여가며 두뇌와 근골을 작동하여 만든 전자기기가 이런 결과를 낳을지 그들은 예측했을까? 이런 결과를 그들은 분명 바라지 않았을 것이다. 자신들이 노력한 결과, 인류의 행복에 큰 도움을 주었을 것으로 자랑스러워했다면 참말로 어처구니없는 현상의 결과가 아닌가. 과학과 문명의 발달이 반드시 인간의 행복에 기여한다는 명제가 있었다면 이제는 수정해야 할 것이다. 대체로는 그러하나 그렇지 않은 수도 무척 많으니 무조건적인 과학 기술의 발달을 찬양하는 것은 자제할 필요가 있다고.

피로한 이목 때문에 피곤한 정신은 적당한 휴식이 필요하다. 유행하는 말을 빌려오면 힐링이 이 대목에서 등장할 수밖에 없다. 이대로는 우리의 삶을 피폐하게 할지 모르니 특별 대책을 마련해야 하는가. 그럼 이 광포한 파도를 건너는 비책을 스마트폰에서 검색해 봐야 하지 않을까?

나의 스마트폰 사용은 아직 그리 심하지 않다. 주요 기능인 전화와 문자 주고받기를 주로 사용하고, 그야말로 가끔씩 인터넷의 다른 기능을 활용하는 정도이다. 그런데 갈수록 스마트폰의 사용을 강요하는 사회 환경의 변화가 나에게도 밀려오는 것을 막아내기 힘겹다. 이 물결을 벗어나지 못하게 되는 날엔 피곤한 이목과 연이은 정신의 피폐로 어딘가 모르는 곳으로 떠내려갈 것만 같아 진정 걱정이다. 스마트폰 때문에 스마트하게 살지 못하게 하는 이 시대가 나는…….

수녀원 이웃으로 살자니

　　집 뒤의 산에 오르다 보면 수녀원을 지난다. 우리 동네 큰길 옆에 있으니 산을 오르는 사람들은 누구나 이곳을 지나게 된다. 두 개의 철문이 이중으로 늘 닫혀 있는 집, 주말에는 하나나 둘의 문이 열리며 그 안이 궁금해 보이는 집. 현판에는 '○○○여자수도원'이라고 오랜 세월의 흔적으로 녹이 슨 듯 문기둥에 달려 있는 집, 길고 높은 담이 쳐 있어 외부에서는 안쪽을 결코 볼 수 없게 만든 집, 동화 속의 키다리 집처럼 성으로만 보이는 집. 그 집 안을 나는 들어가 본 일이 있다.

　　우리 집은 그 집의 다른 쪽 담과 이웃해 있다. 높은 담은 똑같고, 그 위에는 가시철망이 둘러 있고, 그쪽의 측백나무가 꽤 높이 자랐는데 옆 가지 일부를 잘라내고 큰 줄기에 검은 햇볕을 가리는 길고 넓은 휘장을 쳐놓았다. 그리되니 우리 집 쪽에는 햇살은 물론 못 오고, 바람길도 끊기게 되었다. 담장으로 막혀 있는데, 그 위에 또 검은 장막까지 둘렀다. 수녀원 쪽에서 우리 집이 안 보이게 시선을 차단할 목적으로 설치한 듯하다. 그건 마찬가지로 옥상에서 역시 그 방향의 시야를 가로막는 기능을 한다. 이미 높은 담으로 우리와 수녀원이 가려졌는데 그 위에 또 이중으로 막은 셈이다. 담이 쳐 있는 상태에서 이사 와 그 담의 설치가 이전의 집주인과 수녀원의 합의로 양쪽에서 쌓았는지, 어느 한쪽에서 쌓았는지는 현재 알 수 없지만, 수녀원의 행태로 보아서는 그들이 쌓았거나 아니면 이 집을 지으면서 쌓도록 요구해서 지금의 담을 쳤을 가능성이 크다. 그 담 위에 보기 흉한 검은 비닐 장막을 쳐 또 막은 걸 보면 그런 추측을 할 수 있다.

이 집에 몇 해 전 이사 오면서 자연스레 수녀원과 이웃해서 살게 되었다. 담이 높고 그 수녀원 안쪽으로 측백나무, 밤나무 등을 심었으며 높이가 담을 훌쩍 넘어서 그 가지들이 우리 집 안을 언제나 들여다보고 있다. 그건 참을 수 있었다. 나무들이 우리 집 안을 엿보아서 부끄러울 것도 없고, 그들이 경계를 서고 있으니 안심도 되었다. 하지만 그 값을 하는 건지, 특히 가을철이면 낙엽이 수없이 우리 집 안에 찾아왔다. 그 흔적으로 뒷마당을 덮으니 배수구의 물길도 막고 나뭇잎 쓰레기가 쌓여 썩거나 지저분했다. 치워도 한때뿐, 또 어느새 그득히 쌓였다. 견디다 못해 그 집, 수녀원을 방문하고 편지도 보내서 불편을 얘기하고 해결해 달라 요청했다. 그 뒤 우리 집 쪽으로 넘어온 나뭇가지들을 잘라내는 것으로 해결했다. 이건 그 집과 우리의 첫 갈등이었고 나름의 해결이었다.

이렇게 끝이 나면 좋겠는데, 세상일이 어찌 그리 만만하기만 하겠나. 한 번 얽힌 문제는 이어지는 일이 더 많다. 아파트의 따스한 난방 생활에 익숙하다가 이사 와서 4년을 살았는데, 이 집은 건축한 지 30여 년이 지난 데다 그 당시의 건축술에 의한 단열 상태나 난방 시스템은 요즘 기준에서 보면 문제가 많다. 이 상태로 생활하기 불편하여 오랜 시간 생각하고 다각도로 연구한 뒤 신축하기로 결정하면서 수녀원과의 이차 갈등이 시작되었다.

그 집과 갈등을 원하지 않고, 또 이웃으로서의 인사로 집을 신축하는 문제를 아내로 하여금 통보하게 하였다. 핵심은 그쪽으로는 현재보다 창을 적게 내겠다는 것이었다. 담과의 거리를 전보다 더 떨어지게 설계한 것도 알렸다. 통보하여 측량할 때 와서 보기도 했다. 대략적인 설계도면을 보여주었는데, 전체 설계도면을 달라고까지 하여 그것은 거절하였다. 그 집에 그러한 권한도 없고, 그 요구를 들어주는 것은 지나치다고 생각하였다.

완공한 뒤에 준공 허가를 받는 과정에서 민원이 들어와 담당자가 해결하기 전엔 준공을 허가해 줄 수 없다고 하였다. 우리 집 옥상에서 수녀원이 보이니 차단 시설을 요구한다는 거였다. 담당자가 현장에 와서 보고는 수녀원의 무리한 요구라는 사실을 확인하였다. 수녀원과 담장과의 거리도 이미 건축법상 이웃 경계 이상으로 떨어져 있다. 그 집의 건물은 담에서도 40~50여 미터 이상이 떨어져 있다. 옥상에서 의도적으로 망원경으로 보지 않는 한 제대로 보이지 않는다. 더구나 담장에도 바짝 큰 나무들이 가로막고 있고, 그 사이에도 나뭇가지와 잎들이 촘촘히 들어서 보려고 해도 잘 보이지 않는다.

구청 담당자들도 미안해했다. 무리한 민원인 것을 아는데도 그들은 손을 놓고 나에게 사정했다. 자신들을 위해서 그 요구를 들어주라는 것이다. 구청장이 그걸 해결하라고 지시했단다. 수녀원 측에서 구청장한테 직접 민원을 넣어서 그리되었으니 그들도 어찌해 볼 도리가 없단다. 그러고는 수차례 우리 집에 와서는 자기들을 봐달라고 애걸하다가는 담배만 한구석에서 피어대다가 돌아가곤 했다. 주객전도가 따로 없었다. 민원인이 사정하는 것이 정상인데,

구청 관리가 나에게 봐달라고 사정하고 수녀원은 갑인 양 도도했다. 관리와 함께 수녀원을 찾았다가 냉대와 무시, 모욕적인 답변만 듣고 발길을 돌렸다. 담당 공무원도 아랑곳하지 않고, 이웃인 나에게도 안하무인이 지나쳤다. 까맣고 하얀 수녀복 안 어디에 그러한 표독과 고압적 언행이 숨어 있는지, 그 집을 나오며 한편에 서 있는 성모상에 하소연하고 싶었다.

나는 평범한 갑남을녀 중의 하나로 속세에 살지만, 그녀들은 수도원에서 오롯이 신앙생활만 하며 산다. 애초에 종교인의 삶을 살고자 하는 그들이 이웃인 것을 알았을 때는 참으로 다행스럽게 알고 이사 왔다. 오래전부터 가톨릭에 대한 호감도 있었다. 친지 몇이 독실한 가톨릭 신자였고, 그들로부터 어떻게 신자가 되는지에 대한 안내와 추천을 받아보기도 했다. 미래에 내가 종교를 가진다면 그건 아마도 가톨릭이지 않을까, 그런 생각도 품어왔다. 하지만 지금껏 살아오면서 가장 가까이 접해 본 이웃의 수녀들은 이런 나의 평소 생각에 시커먼 재를 뿌렸다. 이젠 종교를 갖더라도 절대로 천주교를 택할 생각은 날아갔다. 그들이 집 뒤 담에 쳐놓은 검은 천이 석양과 바람을 막고 있는 한, 옥상에 설치한 차단 시설이 삭아서 없어질 때까지는 이 생각은 바윗돌처럼 그 자리에 박혀 있을 것이다.

길거리에서 간혹 보았던 수녀들의 희거나 까만 옷에 가린 채 살며시 드러난 얼굴을 보면서 평화로움과 연민을 느껴보았다. 여승들과는 다른 친밀함을 가져보았던 시절, 이해인 수녀의 시집에서도 고운 마음을 읽으며 설레었고, 테레사 수녀의 이야기도 감동으로 다가오기도 했었다. 북한산에 오르다 아들과 김수환 추기경을 만난 적도 있다. 프란치스코 교황이 방한하여 여러 아름다운 행사도 보았는데, 이웃인 수녀원과 겪은 불쾌한 일을 얘기하자니 장마철이 다가왔는데 가뜩이나 축축해지는 심정이다.

멀리서 지켜보며 그려보는 것과 직접 대면하며 겪는 것과는 차이가 많다. 아마 이래서 인류의 스승인 공자께서도 당신 아들은 직접 가르치지 못하고 남에게 맡겼나 보다. 김정한의 소설 〈사하촌〉에 나오는 중과 수녀를 겹쳐 생각하게 하는 유사한 상황을 직접 겪어보니, 유감이 적잖다. 이런 상태는 앞으로 개선될 여지가 없어 답답하나 수도하는 자세로 감내하며 사는 수밖에 달리 방도가 없다. 수녀원이 옮겨갈 일도 없을 터, 나 또한 종생지지終生之地로 생각하여 새로 집까지 지은 마당에 이사 갈 일도 없다. 새 집을 얻으면서 이웃의 고약한 심보를 보았으니, 인생 만사 공짜가 없다는 걸 새삼 확인하면서 이대로 살아갈 일이다. 담 넘어 헤살놓는 종소리와 이따금 들려오는 찬송가와 사귀면서.

청첩장

여기저기로부터 청첩장이 날아든다. 휴대폰 문자로까지 동창들의 소식은 자주 온다. 오는 대로 모두 참석할 수는 없는 일, 이것에 어찌 대처해야 하는가는 적지 않은 고민거리 중의 하나다. 이걸 줄이려고 보니 나만의 기준이 필요하지 않을까 싶다. 이에 따라 처신하면 고민거리가 줄거나 마음의 불편을 덜어낼 수 있지 않을까 생각해 본다.

통지가 오는 대로 모두 반응할 수는 없다. 그 수효가 적지 않기 때문에. 이름 정도 알거나 한두 번 모임에서 보았어도 연락이 오는 경우도 있고, 심지어 처음으로 알게 되는 경우도 더러 있다. 보내는 사람이 어떤 기준으로 통보하는지는 알 수가 없지만, 개별적으로 받거나 또는 공식적인 경로를 통해서 받거나 어찌 되었든 나는 그것이 심적으로 불편하기만 하다. 음식을 먹다가 목에 걸려 캑캑거리는 거와 진배없고, 뱉을 수는 없고 넘기자니 잘 안 넘어가듯 께름칙함만 가시지 않는다.

이의 대처법으로 청첩에 대응하는 친소의 참석과 불참의 기준을 만들어두는 것이 아예 좋겠다 싶다. 여러 사람들이 현업에서 은퇴한 후에는 그게 싫고 대응하기 힘들어서 이민을 가고 싶다는 말이 나돌 정도이니, 이로 인한 문제가 누구에게나 적지 않은가 보다. 우리의 상부상조 미풍양속이 어느 사이에 불화를 일으키는 골칫거리가 되었다. 참으로 세상 변화는 알기가 어렵다.

이걸 사회적으로 문제 삼아서 지나간 옛날 정권에서도 간소한 의례를 강조하고 변화되기를 바라는 정책이나 시도가 있었다. 요사이 언론에서도 간소한 혼례를 올리자는 특집 기사도 실렸다. 그래도 아직 우리 사회가 그대로 받아들여서 일반화하기는 멀어 보인다. 이런 마당에 내 기준을 세우기도 힘들거니와 그걸 남에게 강요하거나 권하기도 어려운 일인 것은 분명하다. 어찌 되었든 나만의 기준을 세우고 살아가는 게 그나마 이에 대한 현명한 요령이 아닌가 하는 생각이 든다.

첫째로, 친인척, 친가와 외가나 처가의 경우는 가장 우선적인 참석 대상이다. 가족의 확장이니 특별히 관계가 꼬이지 않았다면 참석해서 축하해야 될 일이다. 가족이 어울려 살아가는 것이 인생의 핵심이니 이건 어찌할 수가 없다. 이런 일은 오히려 즐겁고 재미있는 삶의 하나이니 더욱 그러하다. 진심으로 그들의 삶을 축하하고 앞날의 행복을 빌어주고 싶다. 내 자식을 생각하는 심정과 똑같은 마음을 품어야 하리라.

둘째로, 친구, 친지, 동창의 경우가 참으로 애매하다. 친구끼리는 생각의 차이가 난다. 내가 생각하는 친구와의 친교의 거리가 그 친구가 생각하는 거리와 차이가 있을 수 있다. 이런 관계에서 거리감을 어찌 극복할까가 문제다. 모른 채 지나갔을 때 다시 만나서 어떠한 표정을 지을지, 어떻게 대할지 염려가 되기도 한다. 만나는 기회의 빈도를 기준으로 삼으면 되지 않을까 싶다. 그것을 친소의 기준으로 삼아서 판별하면 별 문제는 없을 것이다.

셋째로, 직장의 관계는 더욱 난감하다. 내가 근무하는 곳은 거의 200여 명이 넘는 사회이다. 경조사가 적잖이 발생한다. 친목회라는 조직이 있고, 그 적립 금액이 있으니 공적으로 처리하는 경우가 많지만, 그에 그치지 않고 개별적인 인사 관행이 있으니 이 또한 어려움이 있다. 상부상조의 정신이니 서로 주고받으면 된다고 간단히 생각할 수 있다. 하지만 따지고 보면 그런 관계도 그리 수월하지 않다. 신입과 퇴직이 이어지는데 그걸 어떤 기준으로 맞추어야 하는지도 복잡하다.

넷째로, 사회적 친소 관계는 얼마나 활동을 활발히 했는가를 기준 삼을 수 있다. 그와 나와의 관계의 깊이가 어느 정도이고 폭을 얼마나 넓혔는가를 참조할 수 있겠다. 그 여부에 따라서 기준을 정하고 시행하면 될 것이나, 이것이야 말로 어떠한 기준을 세울지 가장 어려운 일이 아닐 수 없다. 그 사회적 관계에서 내가 원하는 것이 무엇이냐에 따라서 다를 수 있으니 그렇다. 이것을 잘 지키지 못하여 사회문제가 되는 걸 종종 보게 되었으니 더욱 민감한 문제다. 분명한 자신의 활동 목표와 경계선을 만들고 그에 따라야 되지 않을까 싶다.

이제부터 은퇴가 멀지 않은 시점에 이나마 기준을 세웠으니 이 또한 퇴직 준비의 하나라 생각한다. 이 기준대로 얼마나 잘 지켜질지 의문이나, 이에 맞추어 처신하면 조금 더 편안한 은퇴 생활을 할 수 있지 않을까 기대해 본다.

행복하세요

사람끼리 어울려 사는 세상에서는 만나고 헤어지는 일이 살아가는 대부분의 일이라고 할 만큼 대면이 많다. 이럴 때 그 사람들이 서로 관계를 맺으면서 하게 되는 인사말이 한둘이 아니다. 인사人事라는 말뜻이 '사람의 일'이라는 것만 보아도 알 만하다. 이 인사말은 상대의 건강을 빌거나 잘 지내길 바라는 말이 대부분이다. 만나면 '안녕하세요', 헤어질 땐 '안녕히 가세요'를 주고받는다.

만나는 사람끼리 인사하면서 서로 상대에게 듣기 좋은 말로 시작하고 끝을 맺는다. 원활한 사람살이를 위해서 이런 것은 반드시 필요하고 중요한 삶의 원리이다. 여기에 토를 달고 나설 사람은 없을 것이다. 서로 살아가면서 타인에게 좋은 말을 해주는 것은 내가 역시 좋은 말을 듣고 싶다는 것을 우회적으로 표현하는 것일 수도 있다. 그런데 이 말이 과연 그러한 기능을 하는지 곰곰이 돌아보고 싶다. 왜인고 하니 그런 말을 들으면서 언제부턴가 공허하다는 느낌이 들었기 때문이다. 공허하게 느끼는 말이라면 뭐하러 그리해야 하는가, 괜한 불만이 생긴다.

아니면 나처럼 그 말이 공허한 줄 알면서도 사람들이 계속하는 것인가. 공허한 느낌이 들어도 달리 할 말도 없고, 그래도 안 하는 것보다 낫다고 생각해서 그냥 습관적으로 하는지 모르겠다. 의미를 일일이 따지지 않고 습관적으로 살아가는 게 어쩌면 모두의 삶이 아닌가, 라고 생각하면 그렇지, 라고 수긍할 수도 있겠다. 세상살이 다 그렇지 뭐가 있겠나, 하면서 체념적이고 달관한 듯이 생각한다면 실상은 할 말이 없다. 그래도 한편으론 그건 아니지 않은가 하는 다른 마음도 있다.

서비스업에 종사하는 사람들이 자주 써서 퍼진 흔한 인사말에는 '좋은 시간 되세요'나 '좋은 하루 되세요'가 있다. 거기에 잘 듣게 되는 말 중에는 '행복하세요'도 있다. 이런 말은 그냥 생각 없이 듣기에는 귀가 달콤해서 좋기도 하다. '좋은 시간'이나 '좋은 하루'나 '행복'은 사람이면 누구라도 누리고 싶어 하는 것이 아니던가. 그것을 타인이 나를 위해서 하라는데 얼마나 고마운 일인가. 각자 자기 살기도 바쁘고 힘든데 이렇게 남을 위해서 좋은 말을 해주니 그 진심이야 어떻든 듣기에는 더할 나위 없이 좋은 게 사실이기도 하다.

그런데 이 말을 듣고 뒤돌아서서 생각하면 조금 요상하다. 좋은 하루나 시간, 행복은 누구나 원하지만 그걸 남에게 주거나 음식처럼 권할 수 있는 것인가. 직접 구체적인 무엇을 손에 쥐여 주는 것도 아니면서 어찌 되라고 하는 것은 마치 자라는 아이들에게 어른들이 흔히 '훌륭한 사람이 되어라'하는 것과 다르지 않다. 행복도 마찬가지고, 좋은 하루도 그렇고, 훌륭한 사람이 되라고 말로만 권해서 그리 쉽게 되는 것인가 말이다. 무책임하게 그런 말만 해서 되는가. 무책임을 넘어서 은근히 강요하는 듯 강제적인 냄새까지 난다. 남보고 무엇이 되라, 마라 하는 것은 엄격히 따져보면 일종의 간섭이고 월권이 아닌가.

더욱 심한 것으로는 '부자 되세요'도 있다. 이 말은 듣기 좋지만 그게 그리 쉽게 될 수 있는가. 부자가 되고 싶지만 약수터의 물 한 잔 떠 마시듯 그리 쉬운 것이 아니고, 숨 쉬는 공기처럼 아무나 가질 수 있는 것도 아니란 걸 서로 다 잘 안다. 잘 안 되는 줄 알면서도 이리 말한다면, 말하는 사람에게 무언가 다른 속내가 있다고 보아도 될 것이다. 말이란 자신의 생각을 드러내어 표현하고 타인에게 전달하면서 소통하고자 하는 것이 본연의 모습이 아니던가. 남도 나와 같은 생각이겠지 판단하기에 그런 말이 쉽사리 퍼져서 여러 사람이 익숙한 듯 습관적으로 따라하는 것은 아닐까.

남이 갖고 있는 것은 나도 갖고 싶다. 나아가 남이 갖고 있지 못한 것까지 차지하고 싶은 욕망이 누구나 있을 것이다. 그것을 내놓고 표현하지 않을 뿐이지, 성현이 아닌 우리네 갑남을녀에겐 당연한 일이다. 하지만 그렇게 잘 안되는 게 현실이다. 이를 잘 알기에 남에게 '나도 그것이 갖고 싶어요, 한데 그게 잘 안 되네요'라고 슬쩍 숨겨가며 권하는 것일지 모른다. '부자 되세요'라고 말하는 사람의 속마음은 자신도 '부자가 되고 싶다'는 강한 욕망을 표현하는 것이 아닐까. 그러니까 일종의 대리 충족의 하나이지 싶다.

만나는 사람에게 듣기 좋게 말하면서 그 사람을 배려하는 게 인사말의 본래 역할일 것이다. 이런 말들이 어느 사이 인사의 관행을 넘어 남의 재산과 행복에까지 관여하는 말들로 발전했다. 생각하기에 따라 지나친 간섭과 참견이 불쾌하기도 하고, 공허하기도 하다. 한편 이것은 누구나 소망하는 욕망들을 그 말에 담아서 서로 주고받고 하면서 소통하는 삶의 한 방식이란 생각도 든다. 자신의 생각을 세우기보다 타인의 시선과 눈치를 더욱 잘 의식하는 우리들에게 적합한 인사말의 하나라고 돌려 생각하고 싶다.

애연가를 위하여

얼마 전 담배 가격이 올라서 애연가에겐 불만이 적지 않아 보인다. 이를 추진한 편에서 조세 수입도 늘고, 흡연자는 감소하는 이중적 효과가 있다고 하였는데 설득력이 없어 보인다. 예상대로 될지는 더 두고 봐야 하나 별로 달라지지 않을 게 분명하다. 그런다고 흡연자가 사라지거나 그들의 흡연 방식이 크게 변할 것 같지도 않다. 그동안 흡연자들을 겪어본 바, 따라온 생각이다.

흡연을 넘어서 애연, 그보다 심한 표현으론 골초라는 말이 있다. 선친이 그러하였다. 식사는 걸러도 담배는 그럴 수 없다는 식으로 사셨다. 그 결과 50대에 암으로 세상을 등지셨다. 비교적 어린 나이에 겪은 이 흡연의 간접 체험은 결과적으로 담배와 나의 인연을 끊게 했다. 대학생 때 몇 번의 경험을 해보았으나 흡연자가 되는 데에 이르지 못했다. 남자들의 또 하나의 흡연 습득 코스인 군대도 못 가고 말아 지금껏 비흡연자로 살고 있다.

그러나 내가 살던 시대는 흡연이 무척 자유로웠다. 실내외를 가릴 것 없이 마구 피워댔다. 요즘엔 상상불허의 흡연 환경이었다. 각 가정에서는 물론이고 버스 안, 지하철 안, 음식점 안, 그야말로 피우고 싶은 곳이면 아무 데서나 꺼릴 것 없이 피워대던 흡연자의 천국이던 그 시절, 흡연은 남자의 아이콘이었으니, 성급한 소년들은 일찍이 어른 흉내를 내고 싶어서 담배부터 입 안으로 은밀히 불러들이기도 다반사였다.

수많은 흡연자를 일찍부터 자연스럽게 접하게 되다 보니, 그들의 흡연 태도를 쉽게 보게 되었다. 내가 만난 흡연자 치고, 특히 실외에서 흡연하는 사람들 중에 소위 공중도덕을 지키는 사람은 모래밭에서 바늘 찾기보다 어려웠다. 흡연이 끝나는 동시에 꽁초는 입과 손에서 분리되어 날아간다. 흡연자와의 거리는 다소 차이가 있으나 그들의 종착지는 제집을 못 찾고 거리를 헤매는 고아나 부랑아 신세다. 애연가란 이름이 말하듯, 담배를 사랑하면서 사랑의 교접 행위가 끝나면 그들은 방금 전까지 그토록 진하게 밀착시켜 입술로 애무하던 상대를 냉혹하게 패대기친다. 어떤 이들은 그 사랑의 행위를 숨기려고 눈에 잘 띄지 않는 어둡고 좁은 동굴이나 비밀 공간에 영원히 유폐시켜 버린다. 카사노바의 엽색 행각보다 훨씬 무례한 애정 작태가 아닐 수 없다. 이런 그들의 애연 습성은 연령이나 학식, 사회적 지위와 신분과 대개는 무관하다.

애연가에게 흡연 후에 뒤처리를 깔끔하게 하라는 요구는 차라리 담배를 끊으라는 것보다 더욱 지키기 어려운 요구로 보인다. 세 살 버릇 여든까지 간다는 속담이 있다. 담배를 처음 접할 때 습관이 평생 동반하는 것이다. 담배는 술과 달리 어른에게 조금씩 점차적으로 배우는 게 아니다. 몰래 숨어서, 어른들 눈에 띨까 조마조마하면서 입에 댄다. 시작이 그러니 그 흔적을 철저히 은폐시켜야 그다음까지 이어질 수 있다. 이 절박함은 그대로 거의 유전적 습성으로 형질화한 채 온몸에 들러붙는다. 이 고착된 행태는 그들이 드러내놓고 흡연할 수 있게 되어도 천형처럼 몸에 달라붙어 떨쳐버릴 수 없다.

스스로 떳떳하지 못한 행위는 타인의 시선으로부터 숨기는 것이 본능적 생존 방식이다. 이 본능을 누구인들 막아낼 수 있겠는가. 원초적인 이 본능을 인정하고 바람직한 방식으로 유도하는 게 사회의 안녕과 질서를 위해 필요하지 않겠는가. 곰팡이는 햇볕에 노출시켜야 막을 수 있다. 흡연을 공식적인 기관에서 가르치면 될 일이다. 서양의 어떤 나라는 마약을 자유화하고 국가에서 이를 공급하였더니 관련 범죄가 줄었다고 들었다. 쉬쉬하던 성性을 적당한 연령부터 우리도 이젠 교육시키고 있지 않는가. 흡연이라고 이렇게 못할 이유가 없다. 바람직한 흡연과 그 뒤처리에 대해서 가르치면 어떨까? 중독 수준에 이른 애연가들에게 뒤늦게 금연 교육만 할 게 아니라, 아예 조기 흡연 교육을 시키면 어떨까? 집 앞의 골목길 꽁초에 매번 눈살을 찌푸리다 못해 이렇게 생각해 보는 지경까지 이르렀다.

5부

청춘을
돌려다오

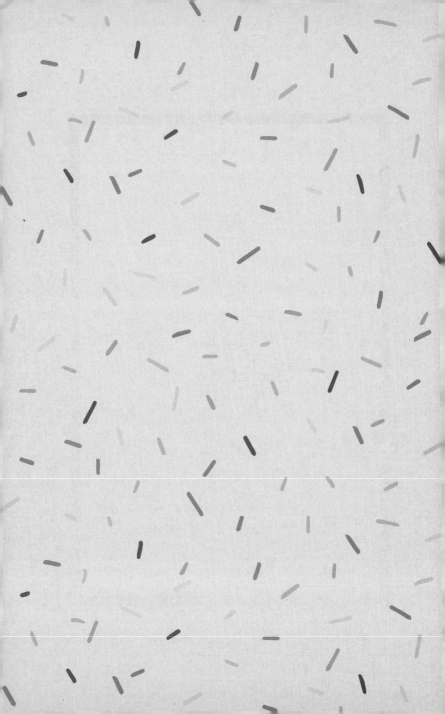

첫사랑

생강차를 그때 처음 마셔 보았다. 대학 입학 시험장에 갔을 때, 선배 학생들이 마련해서 주는 것을 마셨다. 시험장 복도에서 누런 양은 주전자에서 따라주던 그 한 잔은 떨리던 마음을 상당히 진정시켜 주었다. 아마도 그때 차라는 것을 처음 맛본 게 아닐까 싶다. 밥 세끼 먹고 살기도 어려운 당시 형편에 차 맛을 본다는 게 비현실적이던 때였고, 학생이었으니 더욱 접근하기 어려운 일인 데다, 우리네 생활 풍습에 차를 마시는 일이 일상화되기 오래전의 일이니 더욱 그러했을 터였다.

따스한 생강차를 맛본 덕인지 합격하여 인생의 경로를 잡을 수 있었다. 이 생강차 한 잔으로 비로소 성인의 세계, 새로운 세상으로 진입한 터이니 아직까지도 강렬한 기억으로 남았는지도 모른다. 약간 달콤하고 매콤했던 그 맛, 앞으로 펼쳐나갈 인생의 맛이 이와 비슷할 거라는 걸 예고하는 어떤 징후는 아니었을까 떠올려본다.

처음으로 접하게 되는 경험은 상당한 기간 그 느낌을 간직하게 한다. 살아오면서 처음 만난 경험이 이 생강차뿐은 아니지만, 강렬한 인상은 지난 후에 되돌려보면 그 시절과 함께 여러 가지를 생각나게 한다. 처음으로 여성의 손을 잡았을 때의 기억, 남산에 올랐다 내려오던 어느 순간이었는지 계절과 전후 정황은 사라졌지만 내려와서 발견한, 흥건하게 고였던 내 손의 땀, 심장이 뛰어서 떨리게 나왔던 말들, 그녀는 어땠었는지 모르고 나에게만 집중된 추억의 조각들.

처음과 관련한 것은 누구라도 적잖을 것이다. 아마도 아련한 추억을 불러일으키는 것 중에 으뜸은 이성과의 첫사랑이 아닐까 싶다. 이성을 의식하는 그 정도를 어찌 측정할 수 있겠냐만, 남아 있는 기억의 강도를 기준 삼는 것도 하나의 유용한 척도일지 싶다. 임 아무개란 이름까지도 희미하게 기억하는 여자에 대해 처음으로 느껴본 야릇한 느낌은 초등학교 4학년 때였다. 진전된 상태로의 이성에 대한 성숙한 감정은 물론 대학생이 된 뒤부터 더욱 확실하게 인식하게 되었지만, 당시는 자연스레 여자를 가까이할 수 있었던 마지막 시기였다. 그래 서일까, 처음으로 느껴본 여자로 그녀가 떠오른다.

그 당시는 5학년부터 남녀반이 갈렸고 이후 동일한 상황은 이어졌다. 이게 대학에 가서야 비로소 바뀌었다. 한 강의실 공간에서야 남녀가 집단으로 동석할 수 있던 시절이었으니 대학에 가고 싶었던 하나의 이유이기도 했다. 처음으로 강의실에서 여자를 바라볼 수 있고 느끼던 그 시절, 대학생이 된 보람을 분명하게 느껴보았고, 내가 자랑스럽기도 하였다.

'첫' 자를 붙여보자면, 공부하면서 처음으로 학술지에 발표한 논문, 첫 직장에서 근무하고 처음으로 받아본 월급, 함께 맞이한 아내와의 첫날밤, 처음 아버지가 되던 날, 처음 타 본 비행기, 처음 가 본 해외여행, 처음으로 마련한 집과 자동차. 꼽아보자니 이런 것들이 하나둘이 아니다. 살아온 삶이 모두 처음의 경험에서 비롯되지 않은 것이 없다. 온통 처음이란 것이 내 일상에 널려 있다. 그것을 하나하나 기억하거나, 어떤 의미를 붙이거나, 찾지 않았을 뿐 처음이 아닌 것이 과연 얼마나 되겠는가.

오늘도 내가 처음으로 맞이하는 새로운 날이다. 이 날은 어제에도 없었고, 내일도 오늘과는 다른 날이니 처음의 날이 아니던가. 반복되는 일상으로 보이지만 곰곰이 헤아려 보면 모든 것이 처음이 아닌 것이 없다. 처음에 맛보는 생생한 감각을 찾아내지 못하거나 그 사소한 어떤 것을 지나칠 뿐, 언제나 그것들과 나의 만남은 처음이다. 처음은 누구라도 무엇이라도 조심하고 마음을 다스려 잡고 소중하게 생각한다. 지금까지와 다른 어떤 것이니까.

그렇지만 얼마 안 가 쉽게 그걸 잊는다. 연속되는 상황에 처음에 느꼈던 감정은 약화되고 어느 사이에 무심하게 변하기 마련이다. 처음의 설렘과 생생하던 경험이 서서히 희미해지고 잊혀지는 것만이 아니다. 이 망각과 생의 둔감은 삶의 활기도 함께 가져간다. 그래서 우리로 하여금 또 다른 새로운 것, 처음으로 접할 수 있는 어떤 것을 찾아 나서게 하는지도 모른다. 첫사랑의 달콤함을 또다시 맛보기 위해서.

울보랍니다

올해로 회갑을 맞이했는데도 나는 눈물이 많다. 그동안 살면서 많이 흘려 말랐을 터이지만 아직도 누선을 자극받으면 눈물을 흘린다. 꼭 잠기지 않는 수도꼭지와 진배없다. 확실하게 잠갔다고 생각했는데 어느새 풀렸는지 졸졸 샌다. 새는 수도꼭지의 물은 그릇을 받쳐 놓아두면 쓸데라도 있다. 하지만 이 눈물은 그야말로 한 푼도 쓰잘머리가 없다. 낯만 지저분하게 한다. 안경을 쓰니 잘 드러나지 않아서 다행스럽긴 해도, 뒤처리하느라 매번 불편하기만 하다.

사내는 태어나면서부터 죽을 때까지 세 번만 눈물을 흘려야 한다는 말이 있을 정도로 눈물은 남자가 흘리지 말아야 할 것의 첫 손에 꼽힌다. 남자는 세상의 사냥터에서 먹거리를 구해서 가족 구성원들을 부양해야 한다. 사나운 발톱과 날카롭고 단단한 이빨을 가진 맹수들을 사냥해야 할 숲 속에서 울어선 자신의 생존도 어렵다. 인생의 정글이 얼마나 냉혹한지는 먼저 그곳을 다녀온 사람들이 잘 안다. 그러기에 후배 사냥꾼들에게 일찌감치 그런 세뇌 장치를 마련한 것이다.

어려서도 나는 잘 울었다. 누이 셋 다음으로 세상에 첫 울음을 터트렸다. 처음 맞는 남동생이라서 누이들이 잘 대해 주었을 터인데도 자주 눈물을 보였다. 조개 잡으러 바닷가 마을로 갈 때도 누이들을 따라가지 못해서 울었다. 함께 가자고 졸라대면 꼭 심부름을 시켰다. 데리고 갈 테니 집에 가서 무엇을 어찌하라 해서 그걸 처리하고 달려가면 누이들은 하늘로 솟았는지 땅으로 꺼졌는지 보이지 않았다. 그때는 토담 한편에서 길 저편, 누이들이 사라진 쪽을 바라보며 원망으로 어룽진 눈물 바람을 어김없이 날려 보내곤 했다. 부모님에게 잘못을 지적만 받아도 눈물이 볼을 타고 내려왔다. 왜 그리 눈물을 흘려야 할 서러운 일이 많았는지, 울보라는 호칭은 쉽게 나에게 들러붙었다.

나이를 먹어 가면서 눈물을 흘리는 경우가 많이 줄어들었다. 눈물로 해결되는 일이 응어리진 가슴의 상처를 어루만지는 것 말고 뭐가 있겠는가. 더 이상 울면서 살아갈 사회가 아니란 걸 알아챘다. 머리가 커지듯 감정을 조절하는 뇌의 고사리 손도 한 겹씩 두툼해졌을 게다. 세월 따라 수도가 한 집, 두 집 놓이면서 집안의 우물이 버려지고 막히다가 고물 장수에게 넘어간 줄로만 알고 살았다. 그런데 샘터 물자리가 넓고 깊어서 그랬는지 아주 말라 버린 건 아니었던가 보다. 신문을 보거나 TV 뉴스를 보다가 찔끔, 늦된 애오줌 지린 것마냥 눈가에 눈물이 번지는 일도 어쩌다 일어났다. 슬픈 뉴스나 감동적인 사연을 보고 들으면 예전의 울보 기질을 발휘하였다. 울보의 과거 경력이 감성 인생 이력서에 한 줄 흐린 채로 남아 있는 거였다.

몸이 한 줌씩 늙어가며 여러 감각이 줄어만 가는데 이 눈물 감각의 감퇴 속도는 가다 서다, 느릿느릿 완행열차를 탔는가 싶다. 슬퍼 우는 게 보통이나 눈물은 기뻐서도 나오는 것이 아니던가. 그야말로 종합 감정 치유액인데, 아주 말라버린다면 그것 또한 문제이니 계속 승객으로 남아 목적지까지 가야 하지 않겠는가. 누구에게나 눈물이란 갓난쟁이 살갗처럼 투명한 감성이 신체적인 반응을 보이는 것이다. 이 눈물이 흘러나오는 한 살아 있다는 생명체로서의 신표 아닌가 하니, 썩 다행이다 싶기도 하다.

앞으로 걸어갈 삶의 길에서 또 어떤 눈물을 흘리며 살까 꽤나 궁금하다. 우주의 탄생만큼 아니 인류의 기원만치

나 나에겐 자못 흥미롭다. 그게 슬픔의 눈물일까, 기쁨의 분출일까. 촉촉하게 젖은 눈가를 감추기 힘들거나 눈물을 닦아내는 손수건을 자주 갈아대기 귀찮을 여로인지, 말라버린 눈물로 안구건조증이 찾아오는 삶일지 모르기는 마찬가지일 것이다. 하지만 이런들 어떠하며, 저런들 어떻겠는가. 그게 내 맘대로 되는 것도 아닐 바에야 눈물이 흐르면 흐르는 대로 살아갈 밖에 무에 남은 게 있겠는가.

고추 이야기

옥상에서 홍고추가 가을볕을 받아 말라간다. 물고추라고 불리듯 탱탱한 탄력도 좋거니와 얼마 안 남은 찬란한 가을 햇발 아래 더욱 빛나 보인다. 크기도 다양하지만 빛깔과 탄성도 저마다 개성이 넘치는 홍고추들로 자리 위는 그득하다. 바람에 나부끼는 빨래마냥 동적이진 못해도 고요하게 숙성하는 홍고추를 바라보는 내 맘 역시 흐뭇하다 못해 불그레해진다.

고추는 조선 중기에 동남아에서 전래되었다 한다. 그 뒤로 우리 식탁에서 중심 자리를 차지한다. 맛과 색에서 고추를 빼고 한식은 거의 존립하기 어려울 정도가 아닌가. 우리는 정도의 차이는 있지만 고추를 거의 하루도 거르지 않고 먹는다 해도 과언이 아니다. 매운 맛을 즐기는 일부 사람들에겐 고추는 혈연관계 이상으로 친숙하다. 그들의 혈액을 채취하면 아마도 고추 성분이 검출되지 않을까 싶기도 하다.

고추의 위세는 음식에 국한하지 않는다. 길고 뾰족한 원추의 외형상 특징에서 사내의 상징으로 승격하여 대문께도 붙는다. 대문 칸을 넘어서 고추는 남자를 대표하는 기호가 되었다. 고추를 보면서 남성의 거시기를 연상한다 해서 특별히 이상하게 보거나 문제시 하는 사람이 없을 만큼 그건 꽤 자연스럽다. 고추는 우리 삶에서 참말로 요모조모 필요한 보배와 같은 존재다.

고추는 하루하루 물기를 뺏기며 말라 간다. 통풍의 여부와 햇살의 수고 능력에 따라서 그 시간은 단축될 것이며, 이에 건사의 정성을 가미하면 품질도 매우 달라진다. 며칠 후 어느 날, 바짝 마른 고추는 자리에서 걷혀 방앗간에서 고춧가루로 만들어진다. 푸른 고추가 홍고추로 숙성하고 마른 고추를 거쳐 고운 가루로 최종 변신하여 음식 양념으로 쓰이면 고추의 일생은 완성이라 할 만하겠지. 어느 고추도 이를 거부하거나 예외일 수 없다. 여기까지 이르지 못하고 풋고추로 단명하거나 불량으로 사라지는 것은 고추의 숙명일 뿐, 이를 벗어날 도리는 애초 고추의 식생과는 무관하다. 이게 고추의 존재 이유이고 보람이며 고유한 가치가 아닐까. 어쩌면 우리의 음식 생활에 기여한 고추는 가상하게도 홍익인간의 이념을 제대로 실천하는 것은 아닌지.

여기저기 흩어진 채 햇볕 아래 붉은 몸을 드러내며 말라가고 있는 물고추를 보자니 문득 남자의 한살이가 떠오른다. 대문간에 붉은 고추를 달면서 남자의 인생이 비롯된다. 빛깔 화려하게 출발했다 해서 그 후의 역정이 반드시 그럴지는 저마다의 팔자(?)에 따라 다르다. 점차 커가는 고추밭 풋고추처럼 푸르기만 한 청춘의 찬가를 언제까지 즐기며 부를 수만은 없다. 한국 남성들의 통과의례인 푸른 제복이 그들을 불현듯 맞이하기 때문이다. 여름철 식탁에 싱싱한 풋고추가 빠짐없이 한 자리를 차지하듯 그들은 이 길을 벗어날 묘책을 찾지 않는 게 더 현명한 선택이다. 이건 좁은 한반도에 터 잡은 선배 고추들로부터 내려오는 슬픈 숙명이 아니던가. 풋고추의 미생을 거쳐야 붉은 고추의 완생 단계로 진입할 수 있듯, 적극적으로 맞아들이는 전향적 자세가 더욱 사내다운 불가피한 진로일 터.

풋고추의 푸름은 생각만큼 그리 오래가지 못한다. 성장을 멈춘 푸른 고추가 붉게 물들듯이 제대한 남자는 한 여인의 남편과 아버지가 될 준비에 돌입한다. 역전의 용사처럼 점차 단단해지면서 가정과 사회와 나라의 주역으로 활동하지만, 촌음도 방심할 수 없이 피가 튀고 충돌하는 여기는 또 다른 전장이기에 언제나 무르익은 고추 빛처럼 빨강다 못해 검붉기까지 하다. 이 붉은 고추를 남자의 징표로 삼는 건 다 이 때문이리라. 맹수의 고향인 아프리카 밀림이 아니더라도 생존의 사냥터란 어디든 다 그런 핏빛이 어린 게 아닐까마는. 고추밭 고랑에서 줄기에 나란히 매달려 석양에 붉게 물든 녀석들을 보면 무시로 애달파 보인다. 마치 로켓처럼 하늘로 솟구치고 싶은데 마지못해 처성자옥妻城子獄에 갇혀 웅크린 한 마리 늑대처럼.

여기서 잠깐, 홍고추인 채로만 일생을 마치면 그건 고추의 존재 사명을 다하는 일이 아니다. 마른 고추를 거쳐 가루로 변신할 일이 아직 남았기에 쉴 수 없다. 어쩌면 줄기에 매달려 익어갈 때가 더 좋았는지 모른다. 고추밭에서 떠나 상자에 담겨 말리길 기다리는 홍고추, 일터에서 물러나는 남자들이 바로 이러한 신세와 다름없다.

이 밭을 떠난 홍고추가 우량의 고춧가루가 되려면 먼저 알맞게 말라야 한다. 햇볕에 하루하루 홍고추의 몸피는 줄고 무게는 가벼워지듯, 사내들의 맘에서 욕망의 물기가 빠질 무렵이면 삶을 지탱하던 소망의 근력은 한 해가 다르게 줄어든다. 그때쯤 세상에 대한 미련도 내려놓고, 자녀와 아내에 대한 기대도 조금씩 덜어놓는 게 좋다. 실존 의미를 우주 멀리 전하러 갈 날을 슬슬 기다릴 때, 약간이라도 가벼워야 한결 홀가분하게 떠나지 않겠는가.

인생 공방전

축구 월드컵 경기에서 어느 국가 간 경기를 보더라도 양 팀 선수들은 필사적으로 공을 향해 달리고 달린다. 그들의 눈빛은 살기가 뻗치는 듯 매섭게 날카롭고, 불끈대는 근육은 로마 시대의 검투사 못지않다. 두 나라는 축구공 하나를 두고 사각의 잔디밭에서 격렬한 공방전을 벌인다. 32개 팀이 치열한 다툼을 벌이고 최후의 4팀만 남아 최종 승자가 가려진다.

월드컵 축구에서 또 다른 형태의 전쟁을 본다. 인간의 투쟁 본능이 스포츠란 이름으로 미화되었을 뿐 그 본질과 기능은 아주 흡사하다. 다른 스포츠도 유사한 성격을 보이지만, 축구는 그런 면이 더욱 강해 보인다. 골문을 향해 돌진하는 공격진과 이를 막아 내려는 수비진의 공방전은 성을 차지하기 위한 들판의 전투와 조금도 다르지 않아 보인다. 심판이 있고, 정해진 공간과 시간, 응원하는 관중이 따로 있다는 것만 다르다.

이 투쟁 본능은 생존을 위한 자연스러운 몸짓이다. 동물이 더욱 극렬해 보일 뿐, 식물도 나름의 싸움을 벌인다고 한다. 모든 생명체는 살아남기 위해, 살아가기 위해 싸우지 않을 수 없다. 생명체의 숙명이고 본능이다. 이 싸움에는 승자와 패자가 있게 마련이다. 승자는 계속 살아갈 것이고, 패자는 사라지거나, 살아남더라도 큰 타격을 입고 계속적인 생존 위험에 빠진다. 이런 현상을 찰스 다윈은 일찍이 진화론에서 적자생존으로 명명한 바 있다.

적자생존이 인간에게 일반화되면서 생존경쟁이란 멋진 이름을 얻었는데, 이 순간 지구상의 어디, 언제, 누구라도 예외일 수 없다. 이 투쟁 본능이 스포츠로 변형되었다고, 생존경쟁으로 미명을 얻었다고 해도 여전히 우리네 인생은 달라진 게 없다. 생존 씨름판에서 멀리 벗어나 노래만 부르며 사는 베짱이가 될 수 없는 한, 개미의 고달픔은 여전하다. 더욱이 집 안팎에서도 이 공방은 월드컵만큼 흥미는 없지만 언제나 진행 중이다.

결혼하기 전에 아내와 함께 인사차 은사를 방문했다. 아내의 성이 공씨라고 하자, 내 성씨와 관련지어 이제부터 공방전을 벌이게 되었군, 하였다. 〈공방전孔方傳〉은 고려 인종 때 문인, 임춘林椿의 가전체 소설명이다. 당시 화폐인 엽전을 의인화한 한문체 소설로, 돈의 타락상을 다루었다. 이것의 음만 빌려 공방전(攻防戰, 孔方戰)으로 패러디하여 함께 웃게 하신 것이다. 그때는 그냥 웃었고, 그 말의 의미를 깊이 생각해 보지는 않았다.

살아 보니 결혼 생활은 말 그대로 둘만의 공방전이었다. 간혹 관중이 있기는 하지만 온전히 양자의 공방은 그대로 삶의 한 형태였다. 싸움에는 당연히 승자가 있고 패자가 있기 마련이다. 승패가 갈리기도 하고 역전되기도 하는 지루한 공방전을 벌이며 살아온 지도 30여 년이 흘렀다. 혹간 반칙을 저지르기도 하고, 길거나 짧게 끝나기도 했고, 심판 없는 싸움이라 판을 엎을 뻔도 했지만, 파국으로 끝나지 않고 오늘까지 이어져 온 그녀와의 공방전.

이 싸움은 시간 제한이나 공간 구획도 없이 이루어진다. 아마도 생이 끝날 때까지 이어질지 알 수 없다. 어찌 보면 인생 자체가 공방전의 연속이 아닌가. 끝없이 이어지는 이 싸움을 어느 국문학자는 '자아와 세계의 대결'로 정리하기도 했지 않던가. 참 나를 찾기 위한 참선자의 득도 고행 역시 이런 싸움이 아니겠는가.

월드컵 축구 공방전은 승부가 안 나면 연장전을 벌이

고, 그래도 안 되면 승부차기를 해서라도 반드시 승패를 가린다. 이에 비해 인생의 공방전은 어떤가. 반드시 승패를 내야 하는 것은 아니다. 무승부로 끝날 수도 있고, 그것이 더 값있고 아름답기도 하다. 아내와의 공방전, 나는 멋진 무승부로 만들고 싶다. 둘 다 승자가 되는 무승부, 둘이 손잡고 관중에게 함께 박수 받는 무승부. 이를 꿈꾸며 오늘의 공방전을 시작하러 아침잠에 빠진 그녀를 깨우려 방문을 연다.

청춘을 돌려다오

고등학교 시절의 교과서에 민태원의 〈청춘예찬〉이란 글이 있었다. 청춘의 아름다움을 예찬한 강건체 문장으로 많은 사람들이 감동하였다. 나도 예외는 아니었다. 몇 구절은 외울 정도로 입에 붙어 다녔다. 또 얼마 전엔 1990년대를 시대 배경으로 회고적인 청춘들의 이야기로 인기를 끈 드라마도 있었다. 그보다 더 오래전엔 '청춘을 돌려다오'란 가요도 불려졌다. 모두 청춘을 찬양하는 점이 공통점이다.

특히 청춘기가 지나서 장년기나 노년기에 이른 사람들은 지나간 그 시절을 그리워하게 마련이다. 과거는 흘러갔지만, 시간이 흐르며 시련과 아픔은 생각나지 않고 좋았던 기억들, 아니면 좋았었다고 기억나는 것들만 남아서 가끔씩 아련한 회상에 젖거나 그 시절을 떠올리며 다시 돌아가고 싶은 마음을 품게 한다. 다가올 미래가 불확실하면서도 별로 희망적이지 않고, 현재의 삶도 그리 만족스럽지 않아 과거를 선망하게 되는 그 심정에 충분히 동감할 수 있다.

그러나 절대적인 능력을 가진 신이 있어 청춘을 나에게 돌려준다 해도 그걸 받을 생각은 없다. 아니면 타임머신을 타고 과거로 돌아가 그 시절을 다시 시작하게 한다 해도 별로 응하고 싶지 않다. 그러면 나의 과거가 불만스럽지 않고 좋은 일만 그득해서, 어떠한 미련이나 아쉬움이 남지 않아서 그렇지 않은가, 하고 짐작할 수 있겠다. 아니면 당신의 지난 시절이 너무 힘들고 고뇌의 시간으로 점철되어 다시는 기억하고 싶지 않은 것이 아니냐고 반문할 수도 있다.

둘 다 나에게 해당되지 않는다. 하지만 굳이 둘 중 하나를 가린다면 후자에 더욱 가깝다. 돌이켜보면 나의 청춘기는 좋은 것보다 그렇지 않은 것이 더욱 많았던 시절이었다. 아마 다시 그 시절로 돌아간다 해도 그러한 것이 달라지지 않을 가능성이 더 높다. 단순히 시간만 뒤로 돌린다고 근본적으로 다시 환골탈태하지 않은 나와 그 시대가 있는 한 대동소이할 것이기 때문이다. 길고 어두운 터널을 간신히 뚫고 지나왔는데 다시 들어가라는 것과 다름이 없기에 그러하다.

청소년기에 부모를 모두 잃었다. 사춘기를 어찌 지낸지도 모르게 지났다. 부모를 차례로 떠나보낸 슬픔으로 질풍노도의 시기라는 그 시절을 마음 한구석에서 배양할 수가 없었다. 어머니가 더욱 그리워서 친구의 어머니를 마음에 품으며 그리움을 삭여내기도 했더랬다. 배고픔의 시련은 아픈 배를 움켜쥐고 냉수를 들이키며 견뎌내곤 했다. 마음의 추위는 〈성냥팔이 소녀〉처럼 책 속의 환상으로 달래었다. 살다 보니 서산으로 해가 지듯이 하나둘씩 희미하게 하늘 저편의 어둠으로 인생고는 사라져갔다. 어둠 속에서 달도 떠오르고, 가끔씩 별도 하나둘 보이기 시작했다.

한 해 두 해 세월 따라 흐르다 보니 어느 사이 우리나라도 달라져 있었다. 경제 수준은 세계 10위권에 들었다 하고, 국민소득은 머지않아 2만 불을 넘어 3만 불을 향한다고 한다. 단군 이래 조상들이 겪었던 절대적 빈곤을 넘어서 이제는 상대적 빈곤을 걱정하는 시대가 되었다. 지나간 시절보다 좋은 환경에서 살아가는 사람들이 아주 많은 세상이 되었다. 그렇기에 아마도 과거의 시절로 돌아가기를 원하는 사람은 별로 없을 거란 생각이 든다.

개인적인 빈곤과 간난에서 벗어나려고 그동안 땀내 나는 옷을 입고 살아왔다. 이 사회가 물질적으로 풍성해지고 환경 면에서도 살기 좋은 곳으로 변하고 발전하는데, 나는 한 일이 별로 없다. 눈앞에 있는 어려움을 벗어나려고 발버둥 친 것밖에 없는데, 지나간 시기에 견주어 이렇게 확연히 달라진 생활을 할 수 있다는 사실에 그저 감사하기 짝이 없다. 이 감사함을 마음에 새기고 살면서 떠나간 날을 떠올리며 오늘을 충실하게 보내려고 할 뿐, 과거로 돌아가고 싶지 않다. 나에겐 그저 '과거는 흘러갔다'는 대중가요로만 기억하고 싶을 따름이다.

구름이 간혹 가리기는 해도 태양은 늘 머리 위에 떠 있다. 구름이 모여서 비를 내리기도 하고 폭설을 쏟아붓기도 한다. 비는 가리거나 피하면 되고, 눈은 치워내면 되기에 크게 두렵거나 힘들지 않다. 아무리 그것이 가는 길을 가로막는대도 태양이 저 높이 떠 있기에 절망하거나 겁내지 않는다. 그러기에 흘러간 과거를 연민으로 바라보거나, 현실 불만의 도피처로 지나버린 시절, 청춘기로 돌아갈 마음은 없다. 정녕 청춘을 돌려받고 싶지 않다. 내일 설혹 난관이 닥친다 해도 이대로 앞으로 나아갈망정 후진은 하지 않겠다.

새벽이 좋다

눈을 뜬다. 방안은 아직 어둠 속에 잠겨 있다. 옆 자리의 아내도 깊은 잠에 빠진 듯 숨소리가 고르다. 아무쪼록 평안한 잠이길 바라며 자리에서 빠져나온다. 시계를 보니 해가 출근할 시간은 아직 멀었다. 새들도 따스한 둥지의 안락에 안겨 있나 보다. 사람이나 짐승도 일터로 나서기 전에 생의 피로를 풀기 좋은 시간일 터이다. 담 옆 수녀원의 종소리도 들리지 않는다. 주위 모두 잠들어 있고 나만이 깨어난 새벽이다.

새벽에 일어나도 할 일이 있어 좋다. 번잡하고 소란한 낮보다 한결 집중이 잘 된다. 신문을 읽기에도 편안하고, 책상에 앉아 일기장을 펼치거나 글을 쓰기에도 제격이다. 어제 읽다 펼쳐 놓은 글도 눈길을 끈다. 창가 화분의 식구들에게 안부도 물어본다. 밤새 그들은 어떤 시간을 보냈는지 잠시 궁금해 다가가 본다. 아직 명상에 잠겨 있는지 본체만 체한다. 사랑을 받기보다 사랑하는 것이 행복하다는 말이 맞는 순간이다. 두루두루 여유로운 새벽이 안아주는 안일함이 좋다.

나는 특히 새벽 시간에 글을 쓰는 것을 좋아한다. 세상의 관심과 간섭을 벗어나서 오로지 내면에 침잠하여 괜찮은 단어를 잡아다 문장으로 묶기 좋다. 줄지어 기다리던 단어들이 나의 간택에 환호하며 뛰어나올 때는 그들의 주인 노릇을 맘대로 할 수 있어 좋다. 다른 시간에는 꾀를 부리고 억지로 생떼를 쓰면서 따라오지 않아 애를 먹이곤 한다. 한창 바쁠 때는 거드름을 피우며 게을러 속을 태우기도 하는데, 이 새벽 단어들의 노동 시장에서는 맘대로 그들을 골라 잡을 수 있어 신이 난다. 그들도 이 시각에 선택받지 못하면 하루 종일 일거리가 없어서 힘들다는 것을 진작 깨우치고 있나 보다.

상쾌한 기분으로 시작하는 새벽 일터는 능률이 아주 잘 오른다. 단어 일꾼과 문장 십장什長이 협조만 잘해 주면 글 집 한 채의 골조도 후딱 올려진다. 골조가 단단하게 굳고 여기에 사유의 배관을 조정하고 색색의 수사修辭 도배지로 내부 인테리어 공사를 추가하려면 며칠이 더 걸린다. 새벽 공사가 잘되면 그들을 일찍 쉬게 하고 간혹 낮잠도 허용할 만큼 내 인심도 후해진다. 한두 채 짓고 말 사업이 아니니 그들의 환심을 처음부터 얻어놓지 않으면 어렵다. 이 길로 전업한 지 얼마 안 되지만 그 정도 눈치는 있다. 유사 사업을 얼마간 해본 노하우다.

누군가 새로운 사업을 구상하려 한다면 새벽에 나서 보길 권한다. 오로지 혼자만의 대화에 전념하기 좋다. 창의의 샘물은 새벽에 더욱 힘차게 솟아난다고 할까. 밤새 고인 피곤의 시간은 흘러가고 생기의 피가 활발히 돌기 좋은 시간이어서 그럴 거다. 몸을 쓰는 일이 아니라 내면 응시가 필요한 사람이라면, 사색의 고리를 지어야 할 일이라면 새벽은 자신을 아낌없이 내어준다. 새벽은 이 사람들을 사랑하기 위해 태어난 걸까? 어머니들이 간절한 기도를 드릴 때 이 시간을 택하는 것도 아마 이런 이유일 것이다. 새벽이 기꺼이 자신을 내어놓을 때 맘껏 그를 사랑할 수 있는 것도 행복한 일이다.

노년이 다가오면 잠이 없어진다는 말을 한다. 새벽에 일찍 깨는 것을 보면 나도 노년임에 틀림없다. 노년이라 일찍 일어났는데 할 일이 없다면 얼마나 허전할까. 텅 빈 공간이 지배하는 시간에는 유난히 소리가 크게 들리게 마련이다. 아직 깊은 잠에 든 식구들이 있다면 자칫하면 그들을 방해하기 쉽다. 새벽에 깨는 것이 누군가에게 해가 된다면 이건 피해야 할 일이다. 그런데 식구들 모르게 나만이 새벽에 일을 할 수 있다는 건 얼마나 다행인가. 나는 이 생동감이 출렁대는 새벽을 마냥 좋아한다.

필명

호랑이는 죽어서 가죽을 남기고 사람은 죽어서 이름을 남긴다는 말. 그만큼 사람에게는 이름이 중요하단 뜻이겠다. 사람에겐 이름 석 자만이 세상을 떠나면서 남게 되는 유일한 것이기 때문일까. 이름으로 세상을 살아가야 하니까 그럴까. 인간에게 어쩔 수 없는 여러 본능적 욕망 중에 명예욕이라 불리는 것도 실상은 이 이름에 대한 것이다.

누구라도 그러하듯 내 이름은 선친이 지어 주셨다. 유학적 세계관에 따른 중요한 덕목을 내세운 이름, 살면서 지키기엔 상당히 지난한 최고 덕목 중의 하나인 추상적 개념의 '어짊(仁)'을 중간 자에, 항렬자에는 벗어났지만 작은 나라에서 태어난 콤플렉스이거나 원대한 포부를 내세운 '크다(泰)'

를 끝 자에 달아 주셨다. 그 당시 작명 시류에 따른 일반적인 것이긴 해도, 어쨌든 그 이름자의 주인인 내 의사는 전혀 반영되지 않은 이름이었다. 성이 숙명적으로 주어진 것처럼, 이름도 그와 별다르지 않게 주어졌다.

그 이름으로 태어나서부터 지금껏 살아오고 있다. 그걸 들으면서 자라고 사회의 바다로 출항하면서 이름을 소개해야 할 기회가 점점 잦아지자 그 참된 의미를 깨닫게 되었다. 하지만 부친이 주신 이름에 대한 자부심을 느끼면서도 한편으로 내 생각을 담은 이름을 갖고 싶었다. 학교에서 선인들이 여러 개의 이름을 사용한다는 것을 배웠다. 특히 문인들은 본명과 다른 필명을 사용하는 것은 매우 관례적인 허용이었다.

이름자와 관련하여 다양한 별명으로 불린 적이 있던 사람들, 특히 어린 시절에 자신의 이름을 바꾸었으면 했던 사람은 나 말고도 적잖을 것이다. 그런데 성장하고 사회 생활을 하면서 대부분 이런 생각이 사라진다. 이름자에 대한 불만은 성장기에 품었던 일시적인 것이니까, 그동안 몸이 커진 만큼 철이 들었기에 말이다. 살다 보면 이것 말고도 불만스럽고 고치고 싶은 것이 한둘이 아니란 걸 점차 깨우치기 마련이기에 그러리라.

더구나 이름을 쉽게 맘대로 바꿀 수도 없는 일이다. 공식 기록에 이름을 한번 올리고 나면 그걸 바꾸기가 쉽지 않고 그에 따른 상당한 절차를 거쳐야 한다. 누구라도 개명을 하기 위해서는 법관에게 정당한 사유를 인정받아야 한다. 따라서 약간 미련이 남았다 해도 법적인 절차를 거쳐서 고치는 데까지 나아가기는 쉽지 않다. 파출소 근처를 지나기도 달갑지 않은데, 법원까지 간다는 일은 왠지 오금이 저릴 게다. 나 역시 필연적인 개명 이유가 없으니 그대로 살아왔다.

내 공식 직업은 대학 교수다. 어느 직업인들 애로가 없겠느냐마는 이 일도 나름의 어려움이 있다. 보기에 따라서는 괜한 투정으로 생각할지도 모른다. 유난히 사회적인 기대치가 큰 직업인 데 비하여 부족함을 많이 실감한 채 살아간다. 주위의 훌륭한 교수들을 보면서 그러한 생각이 드는 경우가 많았다. 공연스레 그들과 비교하는 자신을 돌아보게 되고 그럴 때는 나의 무능과 부족을 한 아름 깨닫는다.

그렇기에 불가피한 경우가 아니거나 공식적인 자리가 아닌 곳에서는 직업을 잘 밝히려고 하지 않는다. 일종의 보호본능이 작용한 결과가 아닌지 모르지만. 불편한 시선에서 벗어나 건들건들 휘파람 불며 살고 싶었다. 사람들 눈길의 쏠림에서 비켜나고 싶고 내 그릇의 빈 공간을 드러내고 싶지 않았다. 언젠가는 어차피 햇빛에 정체가 드러나는 거지만 그때까지만이라도 꼭꼭 숨어, 가는 숨을 쉬고 싶었다.

교수라는 직업과 다른 방식으로 살아갈 공간을 확보하는 일이 필요했다. 이것도 학계에서 수필 문단으로 진출하게 한 하나의 동기가 되었다. 본명 대신에 필명으로 나설 수 있고, 그만큼 직업에 따른 것, 이름에 얽매인 부자연스러움으로부터 벗어나는 일이기 때문에 매력이 있었다. 두 개의 이름을 가지면 그만큼의 활동 공간이 늘어나고, 그에 비례하여 자유를 더 누릴 수 있기에 꽤 근사한 시도였다.

나를 약간 숨기고 감추는 것은 한편으론 일종의 신비화 전략인 셈이다. 이 나이에 알몸을 드러내면 누구라도 볼품이 없듯이 적당히 가려야 하지 않겠는가. 나신의 여인보다 한 겹 천으로 몸이 감싸여 은은하게 비치는 여인이 더욱 신비스럽고 아름다워 보이듯, 범종 표면의 비천상 여인처럼 미소를 슬며시 감추어야 정녕 빛나 보이듯, 숨기고 가리는 맛이 있어야 더 좋지 않겠는가. 특히 속에 신기한 내용물을 별로 담고 있지 못한 나 같은 경우에는 매우 절실한 방책이 되리라.

문인으로 필명을 쓴다고 해서 내가 가진 본연의 성향이 얼마나 바뀔 수 있을까만, 이름을 바꾸면서 사람의 운명이 달라지기도 하듯 나는 새로운 변신을 꿈꾸어 본다. 꿈을 꾸는 자만이 그걸 실현할 수 있고, 꿈을 품고 있을 때 그 삶은 보다 활기차지 않을지……. 새로운 세계를 만들어 가는 것의 고단함을 잘 알지만, 성긴 그물이라도 한번 던져 보아야 눈먼 고기일망정 어쩌다 걸려들 수 있지 않겠는가.

이발소

설을 앞두고 아버지를 따라갔을
거다. 홍성과 서산을 오가는 찻길 사이 삼거리에 있는 이발
소는 집 마루에서 방향만 맞으면 넘겨다볼 거리지만 어린
애 걸음으로는 한참 걸어가야 했다. 예배당이 길 너머 밭 가
운데 보이고, 효자각이던가 열녀각이던가 기와 올린 건물
지나 야트막한 비탈길 위에 있던 집, 그 옆에 방앗간도 이
웃으로 어깨를 기대고 서 있던 곳. 유리문을 밀고 들어가면
이발소 의자가 보였다. 판때기를 걸쳐놓고 그 위에 앉았다.
낯선 바리캉 날의 냉기와 근질대는 감촉은 얼굴의 고정을
방해했다. 조수로 나선 아버지는 짱구 머리통을 꽉 잡고 아
저씨는 얼러 가면서 상고머리로 다듬었다.

미용실에 가 앉으면 곱상하게 늙은 할머니표 아주머니

가 다가선다. 거울을 앞에 두고 앉으면, 보자기를 목 주위에 두르고 머리를 자르기 시작한다. 바리캉으로 긴 머리털을 돌며 깎은 뒤 빗으로 빗겨 가며 가위로 다듬는다. 솔로 잘린 머리카락을 털어내고 보자기를 벗긴다. 조금 전까지 한 몸이었는데 이별이 이렇게 쉬울 줄이야. 삶의 경계를 벗어나는 것도 어쩌면 한순간일까. 짜르르 통증이 머리를 찌른 듯 멈칫 고갤 든다. 말쑥해진 얼굴이 거울에서 무심히 나를 바라본다.

전에도 몇 번 미용실에서 머리를 자른 적이 있었지만, 이곳에 이사 온 뒤로는 한 5년 이발소를 이용했다. 오래된 이발소였는데 부부가 운영했다. 남편은 머리를 자르고 감겨 주었고, 부인은 면도하고 마사지 크림을 바른 뒤 종이팩도 얼굴에 붙여 주었다. 귓속도 파주고 코털도 잘라 주었다. 그곳을 다녀오면 말끔하게 달라졌다. 솜씨가 좋아서 맘에 들었는데, 수입이 부족했는지 음식점을 열었다가 얼마 안 되어 접고 없어졌다. 좀 더 자주 들러서 소득을 조금이라도 더 올려줄 걸 뒤늦은 후회가 밀려왔다. 어디에서 머리를 잘라야 하나 걱정이 벌칙처럼 다가왔다. 있을 때 잘하지, 라는 말도 때맞추어 생각났다.

이발소 맞은편에 미용실이 있다. 이발소에 다닐 때는 풍경으로만 서 있던 미용실이다. 멀리까지 이발소를 찾아갈까 망설이다 자포자기하는 심정으로 문을 열고 들어갔다. 늙수그레하니 할머니가 웃음으로 맞아 주셨다. 면도도 없고 물론 머리도 감겨 주지 않았다. 이발소보다 값은 헐하지만 부가 서비스가 없는 게 아쉬웠다. 오직 머리칼을 자르고 다듬는 실용으로만 존재했다. 조선 후기에 주창했던 실학이 나에게 실현되었던 현장이다. 어찌 배만 부르려고 밥을 먹어야 한단 말인가.

소년 시절엔 대부분 이발소에 여자 면도사가 있었다. 여자만 미용실을 이용하던 시절. 여탕처럼 그곳은 금남의 집이요, 풍경으로만 자리했다. 면도사가 낯가죽을 어루만지면서 면도해 주었다. 그럴 때마다 정직한 젊은 몸은 즉각 반응했다. 자갈도 소화시킨다는 그때, 피는 얼마나 뜨겁게 끓었던가. 그걸 들키지 않으려고 숨을 가다듬었다. 유교적 도덕관이 얼굴을 붉게 물들였다. 고역이고 시련이었으나 다른 수가 없었다. 면도가 끝난 뒤에는 그녀의 얼굴을 바로 보지 못했다. 매번 이발소를 들를 때마다 치르는 짜릿한 홍역이었다.

미용실은 이제 여자만 찾는 곳이 아니다. 글자 그대로 얼굴을 아름답게 가꾸는 곳으로 남녀노소의 구별이 사라진 지 꽤 오래되었다. 남자만이 드나들던 이발소는 하나둘 사라져 간다. 아파트가 주거의 일반형으로 자리 잡아 가면서 골목에 흔하던 목욕탕도 하나둘 사라지고 찜질방이라는 변종 목욕업으로 바뀌어간다. 공중전화기는 휴대전화가 생기면서 찾아보기 힘들어진다. 휴대폰 문자와 이메일이 보편화되면서 자필 편지를 부치는 사람이 줄어선지 역시 우체통을 발견하기 어렵다. 밤새워 연서를 써도 이젠 부칠 데가 없다. 우체통을 찾아가던 그 설렘을 어디 가서 찾아야 하는가.

하나둘씩 친근하던 것들이 눈앞에서 연기처럼 사라져 간다. 눈에 안 띄게 사라지고 변하는 것이야 막을 수 없겠지만, 그들과 함께했던 기억과 추억도 저 하늘 멀리 흩어져 버린다. 떠나가는 기억 따라 삶의 한 덩어리가 뭉텅뭉텅 잘려 나간다. 모르는 새 얼굴에 패는 주름살처럼 인생이 조금씩 쪼그라들어 간다. 생의 물기가 말라가는 걸 먼 산 바라보듯 보고만 있다.

사라져 가는 것이 어디 이뿐이랴. 나 또한 어느 날 사라지리라. 살다 간 흔적이 사라지면서 나를 기억하던 마음도 함께 떠날 것이다. 언젠가는 모든 것이 소멸되겠지만 오랫동안 남아 있고 싶다. 많은 것이 변해 버린 고향도 옛날의 흔적을 찾아내 반갑고 기쁘게 바라볼 수 있기를 바라듯, 내 삶도 먼 훗날까지 기억되면 좋겠다. 이 바람으로 나는 글을 쓴다. 사라지는 것을 안타까워하는 마음을 담아서 오늘도 쓰고 내일도 또 쓸 것이다. 삶이 흐르는 한…….

6부

육십은
꽃띠

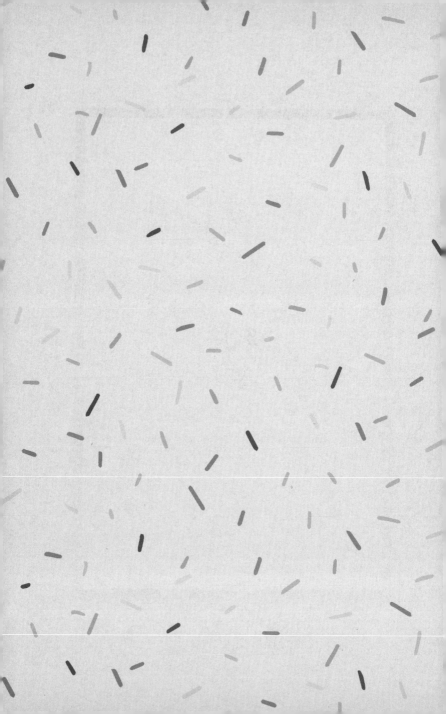

카타르 항공

카타르의 도하 국제공항에 비행기가 착륙하는 낌새를 전혀 알아채지 못했다. 책에 눈을 박고 있다가 순간 겪은 일이지만 신선한 첫 경험이었다. 한밤중 눈이 내려앉듯 부드럽게 착지했다. 처음 이용해 보는 카타르 항공사였지만 대단히 훌륭했다. 그뿐만이 아니었다. 개장한 지 얼마 안 된 공항이라 넓고 쾌적한 건물과 여러 시설물 역시 흠잡을 데 없어 보였다. 국적 항공기의 불미스러운 일이 세계적 뉴스거리로 오르내리는 시점이어선지, 공항 구내 식수대에서 마신 물맛처럼 시원하고 상큼한 자극이었다.

아내와 동행하는 결혼 30주년 기념 여행이었다. 크로아티아를 비롯한 발칸 반도로 가는 길이라 환승하기 위해서 그곳에 내리게 되었다. 신생 항공사인데 기내의 손님 서비스도 나무랄 데 없어 보였다. 상징 색인 보라의 은근하고 묵중한 느낌도 아울러 분위기를 돋보이게 하였다. 흘러간 서른 해 우리 결혼 생활을 돌아보는 여행에 잘 어울리는 듯하였다. 화려하게 빛나지는 않았지만 굴곡이 아주 심했던 것도 아닌 지난 시간이 보라색의 차분함과 그럴듯하게 조화를 이루었다.

최종 기착지인 베오그라드 공항에 가기 위해서 터키의 앙카라를 경유하는 노선이었다. 앙카라 공항에 도착해선 그곳이 목적지인 사람만 내리고 우리는 그대로 기내에 있었다. 한 시간가량 머물다 이륙한다고 안내하였다. 그동안 무료를 달랠 심산으로 또 책을 펼치고 있었다. 정지 중인 기내라서 승무원이 오가고 손님들이 소곤거려 독서에 알맞은 분위기는 아니었다. 읽는 둥 마는 둥 책을 들고 있으며 시간을 죽였다. 자꾸 고갤 쳐드는 두더지와 한 판 땀 흘리는 게임 중이었다.

그렇게 흘려보내던 시간에 새 두더지가 등장했다. 승무원이 좌석 위의 선반에 실린 짐의 임자를 하나씩 확인했다. 작은 가방은 책을 꺼내 읽느라고 발밑에 두었으나, 방한복은 비닐 팩에 넣어서 그 칸에 올려두었다. 승무원이 내짐과 다른 사람의 짐을 확인하였다. 같은 짐인데도 여러 번 반복해서 확인했다. 왜 같은 일을 반복하는지 슬슬 짜증이 묻어나기 시작했다. 허나 내 짐은 두어 번 확인이 끝났기에 들고 있던 책을 다시 펼치고 있는데 좌석의 앞쪽에서 또 짐을 꺼내들고 재차 확인했다. 고갤 들어 보니 내 옷 짐이었다. 벌떡 일어나 크게 소리쳐 확인하고 도로 제 칸에 넣게 했다. 여러 번에 걸쳐 확인한 것인데 또 하다니, 갑자기 빈 속에 독주를 들이킨 것마냥 얼굴로 뜨거운 기운이 확 올랐다. 열기가 전신으로 퍼지면서 이 항공사에 대한 호감이 싹 줄행랑쳤다. 그간 다듬어 온 이성으로도 어쩌할 수 없는 감정의 물결이었다. 알프스의 눈보라가 온몸에 몰아쳐 갑작스레 골짜기로 내동댕이쳐진 기분이었다.

그러면 조금 전까지 품고 있었던 카타르 항공사에 대한 나의 첫인상과 호감은 신기루처럼 어디로 사라진 것인가. 딱 한 번만 경험하고 봄눈 녹듯 그리 쉬 결론을 내린 셈이 아닌가. 시간이 얼마 지나지도 않아 그 판단이 잘못되었음을 깨달은 것이다. 속단은 금물이라는 말이 그 순간 머리를 때렸다. 그래 옳다. 내가 너무 성급하게 판단한 셈이다. 그들의 문제가 아니라 결국은 내 문제다. 왜 단 한 번의 스침만으로 나머지 전부를 결정하려 했던 것일까?

돌이켜 생각하면 이 여행에서 속단한 경우는 또 있었다. 처음 보았을 때는 동행하는 여행단의 인솔자가 나이도 얼마 들지 않아 보이고 생김새도 반듯하니 예의가 바르고 안내를 차분히 잘할 것처럼 보였다. 하지만 이것도 얼마 안 가서 잘못된 판단이었음을 알았다. 나이도 사십 대 중반이라 하고, 인솔하는 여행 손님들에 대한 그의 언행이나 태도는 일방적이거나 다른 입장을 조금도 배려하지 않는 무례한 경우가 많았다. 몇몇 손님들이 모여서 그러한 의견을 나누고, 귀국하여 여행사에 문제 제기를 하자는 의논까지 하게 되었다.

지난 삶을 꼽아 보니 살아오며 비슷한 경험이 한둘이 아니다. 버스 타고 고향에 가던 길인데 어떤 외판원이 올라와서 카메라를 소개했다. 아주 좋은 품질인데도 싸게 판다는 것이었다. 카메라가 필요하던 차였기에 그 말을 믿고 덜컥 구매 계약을 하였다. 하지만 몇 번 제대로 써보지도 못했다. 여행하던 버스에서 파는 약을 사서 복용하기도 했는데, 효과도 알 수 없는 채 할부 약값을 갚느라 바빴다. 전철 칸에서 혹해서 물건을 산 것까지 헤아리자면 적지 않다. 매번 그런 식으로 속단하여 일을 저지르고 후회하는 일을 지속적으로 반복하며 살아왔다.

첫눈에 반했다고 하는 말이 있다. 또 있다. 첫인상이 좋아서 계속 그와 인연을 이어가게 되었다고도 말한다. 어느 시인의 시구에는 첫 키스의 추억이 인생의 지침을 돌려놓았다고도 하였다. 이것들은 한 번의 접촉으로 어떠한 것을 결정하거나 판단한 대표적인 것들이다. 과연 이들이 첫 판단처럼 기대하는 맛나고 향기로운 열매를 땄을까? 첫사랑은 거의 대부분 실연의 고통을 남기고 언덕 아래로 쏜살같이 사라진다. 첫 키스의 달콤함은 뒷걸음쳐 사라지고 임은 침묵한 채 하얀 밤을 지새우게 한다.

사람은 지내봐야 알고, 물건도 얼마간 사용해 봐야 안다는 말은 그냥 허투루 하는 말이 아니었다. 이 말을 지금껏 몰랐던 것도 아니다. 그런데도 늘 속단하여 그걸 뒤치다꺼리하느라 부대끼며 살아왔다. 인생이란 속고 속이며 산다고 하면 이런 불편한 속이 해소될 것인가. 언제까지 이렇게 성급한 판단으로 문제를 일으키며 살아야 하는가. 성격이 급한 것도 하나의 유전적 소인일 터이지만 어쩌면 침착하고 차분하지 못한 평소 성향도 한몫했을 거다. 안에서 새는 바가지는 밖에서도 샌다 하지 않던가.

술이 향기롭게 익기 위해서, 장이 제맛을 내려면 충분한 숙성 기간을 거쳐야 한다. 그러니 앞으로는 조금 더 세상을 진득하게 바라보고 더욱 오랜 기간의 경험적 축적을 기다려야겠다. 그 뒤에 판단하고 중요한 결정을 내리는 게 실수를 한 뼘이라도 줄인다. 이것이 특별한 여행길에서 깨우친 하나의 교훈은 아닐는지.

일탈의 자유

나는 대체로 새벽에 일어난다. 다섯 시 전후로 침상에서 내려온다. 화장실에서 볼일을 보곤 책상에 앉는다. 일기장을 꺼내들고 어제의 일을 만년필로 적는다. 그리곤 컴퓨터를 켠다. 그 사이 커피 국도 한 잔 끓여 마신다. 인터넷 카페와 메일을 점검해 보고는 파일을 연다. 써야 할 수필의 글감이 줄지어 있다. 그중의 하나를 골라 자판을 두드리며 글을 쓴다. 그러다 보면 동쪽의 창가로 불암산 너머 해가 떠오르는 게 보인다. 이게 하루 일상을 시작하는 나만의 전형적 풍경이다.

누구나 거의 비슷한 각자의 하루를 산다. 지루하게 느껴질 이 습관적 삶은 중요한가, 다른 의미가 없는가. 이 일상이 모여서 개인사를 이루고, 나날의 삶이 쌓여서 인류의 역사를 이룬다고 보면 결코 이에 토를 달고 나설 사람은 없을 듯싶다. 사소하고 때론 시시해 보이는 이 일상도 달리 보면 인생과 역사의 기본 구성입자다. 이게 모여서 위인도 되고 찬연한 역사를 이루는 것이 아닐까?

그런데 습관적 일상이 아무리 중요해도 매일같이 똑같은 생활이 반복된다면 답답함을 느끼지 않을 수 없을 터라, 가끔은 이를 벗어나고 싶은 욕구가 밀려오지 않겠는가. 이른바 일탈의 유혹이라 해도 좋고, 일상의 탈출이라고 명명해도 좋을 어떤 것, 유행하는 말로는 치유가 필요할 게다. 자동차는 차로에서 벗어나면 사고를 부르는 것이지만, 사람은 이게 필요해서 특별한 날을 만들거나 정기적인 해소의 날을 마련해두려고 하는가 보다. 어느 나라 어떤 민족에게도 찾을 수 있는 명절이나 축일 등과 서양 문명에 의한 7일 단위의 휴식인 일요일의 배치가 그러한 것이라고 생각해 본다.

어느 철학자는 시계보다 정확한 하루를 살았다고 한다. 그 동네 사람들이 그가 지나가는 것을 보고 시간을 맞추었다는 말이 나돌 정도였으니 끔찍할 만큼 일정한 일상을 살아간 셈이다. 그의 정확한 일상에서 그 중요성을 다시 생각한다. 인생의 진리를 탐구하는 철학자가 그렇게 살았으니, 그거야말로 습관적 일상의 중요성을 웅변하는 것이 아니고 무엇인가.

그러나 나는 그 철학자처럼 살고 싶지 않다. 일상에서 일탈의 자유를 찾으며 살고 싶다. 답답하고 재미가 없는 그러한 삶을 어찌 살겠는가. 인간은 기계가 아니다. 뜨거운 피가 살아 꿈틀대는 생물인데, 프로그램에 입력된 대로 움직이는 공장의 자동화 라인처럼 살 생각은 결코 없다. 이건 생각만이 아니고 무의식의 소산이라는 꿈에서조차 정녕 만나고 싶지 않다. 결단코 거부한다.

인절미는 맛나다. 맛의 원질은 찹쌀의 찰기가 아닌가 싶다. 입에 달라붙으면서 씹히는 쫀득함이 없다면 절편의 텁텁함과 무엇이 다른가. 절편보다 더 맛나게 먹을 수 있는 것은 바로 이 찰기라는 생각이다. 거기에 노릇한 콩가루를 입힌 색깔도 또한 입맛을 자극하는 시각적 유인책이면서 콩의 고소한 맛이 가세하는 결과일 것이다. 인생에서도 인절미의 찰기와 멋스러움이 필요하지 않겠는가. 절편의 덤덤한 맛이 습관적 일상이라면, 쫄깃한 인절미는 일탈로 충전하는 휴식일 터이다.

일탈이 지나치면 화를 부르듯, 인절미를 잘못 먹으면 목이 막히거나 소화에 지장이 있다. 인절미만 너무 많이 먹기도 어렵다. 절편과 적당히 섞어 먹어야 뒤탈이 없이 떡 맛을 즐길 수 있다. 인절미를 어느 만큼만 먹다가 절편으로 돌아서거나 다른 음식을 먹어야 좋다. 아무리 휴식의 일탈이 좋다 해도 그렇게만 살 수는 없다. 일상에 복귀해야 한다. 떡만 먹고 살기는 힘들다.

일상과 휴식의 관계는 뫼비우스의 띠가 아닌지 모르겠다. 결코 둘이 함께 만날 수 없는 것. 그래도 따로 떼어 놓을 수 없는 관계, 어쩌면 견우와 직녀의 만남인지도 알 수 없다. 일 년에 한 번뿐인 만남의 관계, 그날을 위해 일 년을 기다려야만 유일하게 만날 수 있는 날, 칠석. 반복되는 매일의 삶을 살다가도 기다려지는 휴일의 달콤함, 이것이 있기에 우리는 나날의 지루한 삶을 견디며 살고 있지 않을까?

육십은 꽃띠

지난 연말에 대학 은사님 부부를 모시고 나들이를 갔다. 은퇴하고 강화도에서 전원생활을 즐기는 선배를 찾아가는 길이었다. 사모님께서 그간의 안부를 묻더니 나이를 궁금해 하셨다. '내년이면 벌써 환갑입니다'라고 했더니, 사모님 왈, '지나고 보니, 육십 그 시절은 꽃띠였더라구요'라고 하셨다. 요즘의 나를 돌아보면 육십이 꽃띠라는 말에 고개를 얼른 끄덕거릴 수 없었다. 뻣뻣한 고갤 돌려 차창 밖을 보니 스쳐가는 한강 저편 풍경은 휑뎅그렁하니 스산하기만 했다. 삐죽삐죽 솟은 아파트 건물들이 불편한 마음에 그늘을 드리우고 있었다.

까마득한 어린 시절로 되돌아가지 않는다 해도, 불과 얼마 전까지 인생살이 육십년을 기념하는 회갑 잔치는 심심찮게 열렸고, 가족과 친지들이 육십 세까지 장수한 것을 축하해 마지않았다. 주인공 역시 환한 얼굴에 득의의 미소를 띠우며 성공한 인생임을 숨기려 하지 않았다. 그만큼 환갑을 맞이하는 것은 잔치를 벌여 축하할 정도로 그리 흔한 일은 아니었다. 나 역시 그랬다. 부모님 두 분 모두 환갑을 맞이하지 못하고 세상을 떠나 가셨기에 더욱 실감했다.

그런데 요즘은 환갑잔치를 여는 자리에 초대를 받거나 그런 말을 듣기가 어렵다. 학계에서도 흔하던, 환갑 기념 논문집을 증정하던 일은 까마득한 과거의 일처럼 가물거린다. 서로가 의식하지 못하는 사이에 인생살이 육십은 특별한 일이 아니라, 누구나 맞이하는 평범한 일이 되고 말았다. 사회적으로 파장이 밀려오면서 급격한 고령화에 따른 여러 어려운 문제들이 기하급수적으로 늘어나고 있다. 그 어수선하고 우왕좌왕하는 것을 보자면, 예상하지 못한 일기 변화로 갑자기 해일이 닥쳐온 듯 꽤나 소란스럽다. 여기저기서 다양한 대책이 시리즈로 연이어 나오고, 개인이나 사회, 국가적으로 이 변화에 대처할 방책들을 짜내고 발언하느라 수선스럽기 짝이 없다. 아예 신중년이란 신조어까지 만들어내더니 산지사방으로 확산일로에 있다.

이제는 환갑을 맞이하는 일이 더 이상 특별한 일이 아닌 게 되었다. 그러면 나에게도 환갑은 별일이 아닌 거다.

혹 다른 생각을 갖는다 해도 혼자만 안으로 가질 뿐이지 외부로 관련된 말을 하거나 일을 벌이는 것은 자칫하면 세상의 웃음거리만 된다. 금의야행처럼 품만 들뿐 아니라 어쩌면 돈키호테처럼 풍차로 돌진하는 시류의 이단아가 될 수도 있다. 올해가 나에겐 환갑이란 의미가 남다른 해일지라도 앞서 지나간 다른 수많은 해와 마찬가지로 자연스레 맞이하고 무심히 보내야 할 해인 셈이다. 성인도 시속을 따른다 했다는데, 나인들 별수가 있겠는가.

사람의 목숨이 얼마인지, 몇 년이나 남았을지는 아무도 모른다. 그걸 모르기에 환갑이라는 마디를 만들어 놓고 한 고비를 정리하기 위해서 잔치도 벌이고 특별한 의미를 붙였을 것이다. 따지고 보면 육십이란 숫자는 10개와 12개의 간지가 맞물려 짝을 이루다가 다시 제자리로 오는 수, 산술적으로 말하면 두 수의 최소공배수다. 별것이 아닌 이 육십을 인생의 산길에 대입하여 삶의 연속성에 각별한 의미를 부여한 셈이다. 산에 올라 본 사람은 알 게다. 언제 오를지 모를 정상을 향해서 한 발 한 발 가다보면 꼭대기에 오르지만, 높고 긴 코스일수록 힘들어서 중간중간에 쉬어 가야 하는 것처럼 인생의 환갑도 그러한 의미가 아닐까 싶다.

단언컨대 지금 나는 꽃띠가 아니다. 신체적으로는 말할 것 없고, 정신적으로도 분명코 그러하다. 기억도 점차 희미해져 가고, 팔다리의 근력도 한 해가 다르게 약해져 간다. 인생의 산길을 오르기엔 솜뭉치에 물이 스며들듯 숨이 차간다. 그것은 앞으로 한층 가속화할 것이고, 갈수록 이런 심신의 상태는 봄철에 나무가 꽃피우듯 자연스레 진행되리라. 어느 훗날 오늘이 참 좋았다고 회상할 것이고, 그 때쯤에야 오늘이 꽃띠였구나 하고 회한에 잠길 것이 분명하다.

과거 우리 사회가 빈곤에 허덕일 때는 회사마다 봉급을 가불하는 제도가 있었다. 나중에 받을 것을 미리 앞당겨 받아서 당면한 문제를 해결하게 해주었던 제도. 요즘엔 금융회사에서 급전 대출이란 제도가 이걸 대신하고 있다. 삶이 강냉이 빵처럼 팍팍하고 소금장수 어깨의 지겟짐처럼 고단하던 그 시절엔 대부분의 사람들이 가까운 미래에 갚을 요량으로 빚을 먼저 내서 살아가기도 하였다. 그건 결코 바람직스러운 살림살이는 아니었지만, 현재를 살아내 밝은 미래로 가기 위해선 불기피한 경우도 간혹 있었다.

그렇다면 훗날의 생각을 앞당겨서 가불하면 어떨까. 미래의 시간을 오늘로 당겨서 대출한다고 이자가 붙는 것도 아닐 것이며 세금을 더 내야 할 일도 아니잖은가. 이리 못할 것이 아무것도 없다. 당장 그리해 보자. 오늘이 꽃띠라는 생각을 가불하고 살아가면 바로 그것이 꽃띠가 아닐 것인가. 먼 망각의 바다로 흘러가 버린 과거 60년의 세월이야 어쩔 수 없지만, 오늘부터 앞으로 쭉 꽃띠로 알고 살아가면 어떨까. 이렇게 생각하고 보니 환갑을 맞이하면서 비로소 나는 꽃띠가 된 셈이다. 결국엔 사모님 말씀이 옳다.

참회록

전화를 받았다. 초등 교사 시절
에 담임했던 학생으로부터. 헤아려 보니 30여 년 전의 일이
다. 전화로 대충 그간의 사연을 들었다. 40대 중반의 공무
원으로 성실하게 살고 있단다. 어린 시절의 선생에 대한 기
억이 또렷하고, 잠시 중등 교사로 일할 때에도 찾아온 적이
있었다고 했다. 나는 기억하지 못하는 일, 이름을 듣고 희
미하게 얼굴이 떠올랐고, 이메일을 통해서 어린 시절의 사
진을 보고서야 완전하게 그 얼굴이 구체화되었다. 나는 그
의 옛날 선생이었다. 그를 학급 임원으로 발탁해 주었던 일
이 좋은 기억으로 남아 30여 년이 지난 뒤에 나를 찾게 한
동인이 된 것이다.

10여 년 전엔 여학생을 만난 적이 있었다. 초등학생 시

절 주산 학원에 다니고 있었고, 그 실력을 칭찬하며 점수 합산 일을 시켰는데, 그걸 계기로 진로를 선택해 경기도의 중학교 수학 교사로 재직하고 있었다. 그때 선생으로서 우연히, 아니 별달리 생각하지 않고 한마디 던진 것뿐, 발탁이라기보다 그 당시 내 업무를 했을 뿐인데 그걸 기억하고 수십 년이 지난 뒤에도 인연의 줄을 당겨왔다.

교육이 무언가, 교사의 역할이 무언가 깊이 생각하게 하였다. 이럴 때 생각나는 글월, '養樹, 得養人術(나무를 기르면 사람을 키우는 방법을 안다)'. 나는 단지 여러 나무와 꽃들에게 물을 주었는데, 그중에 한두 나무가 열매를 맺고 씨앗을 퍼트려 다시 날아왔다. 나에겐 보이지 않았어도, 다른 나무들도 너른 세상의 이곳저곳에서 풍성한 열매를 맺고 꽃과 향기를 퍼트리고 있기를 바라지만.

그는 회귀한 연어 한 마리이고 착근한 꽃나무 한 그루일 것이다. 연어 한 마리가 수십만 개의 알을 낳고 그중에 몇 개가 치어가 되고 성어가 된다. 꽃나무 한 그루가 헤아릴 수 없이 많은 꽃씨를 퍼트리고 그중에 몇 톨이 꽃나무가 된다. 사람도 수만 개의 정충 중 한 마리가 사람으로 태어난다. 교육이란 이처럼 새로운 생명을 탄생시키는 일과 닮은 점이 있다. 생명의 씨를 뿌리는 일, 사람을 기르는 일이 어쩌면 그리 유사한가. 그래서 부모와 스승이 같다는 말이 전해 오나 보다.

옛날 제자로부터 걸려온 전화가 여러 생각을 흩뿌린다. 잊고 있었던 초임 교사 시절의 일들, 그 멋모르던 시절에 뿌린 씨알이 훌륭하게 성장해 모천에 회귀한 듯하여 기쁨과 보람을 맛보게 한다. 전깃줄에 앉아 먼 하늘을 보던 참새에게 갑자기 날아온 총알처럼, 무사한 삶에 맥없이 살던 나를 충격한 전화 한 통. 타성에 젖어 그날그날 별 생각 없이 학생들을 대하고 살아가는 나를 정통으로 조준한다. 초심을 잃고 무기력한 관성의 하루하루를 보내며 사는 삶을.

스물한 살에 교단에 섰다. 하룻강아지 범 무서움을 모르던 그때, 그저 용감하기만 했다. 좌충우돌하며 선배와 동료 교사들을 힘들게 했고, 알면 얼마나 알았을까만 그 시절엔 교육 전문가로 학부형들에게 당당히 나섰고, 지상 최고의 선생처럼 학생들을 대했다. 그들이 얼마나 무녀리 선생으로부터 빈껍데기 훈육을 받았을까, 그걸 알았다면 항의와 반발이 적지 않았을 텐데, 그들은 말없이 순종하였다. 무지몽매하기만 했던 그때의 몇 가지 기억들. 초등 교직을 떠난 후에도 결코 잊지 못할 초임 교사 시절의 철딱서니 없던 일들이 또렷하기만 하다.

연구 수업을 했다. 동학년 선임 교사들은 초보 교사에게 평소에 하던 대로 수업하면 되는 거니, 크게 부담 갖지 말고 맡으라 했다. 누구나 초임 때는 한 번씩 거치는 것이라 나를 다독였다. 여러 선배 교사들과 교장, 교감이 배석한 자리에서 아이들과 수업을 했다. 수업이 아직 끝나지도 않았는데, 사용한 슬라이드 자료를 교탁에 앉아서 태연히 정리했다. 그냥 하던 대로 수업의 실상을 보여주는 것이니 문제될 게 없다고 생각해서 한 일이다. 그 시간에 학생들의 학습 활동을 지켜보며 순시 지도를 하거나 필요한 개별 조언을 해야 했는데, 그처럼 무모하였고 무지하였다.

당시의 국가 경제는 빈궁기를 막 벗어나기 시작하던 1970년대 중후반기, 나라에선 식량 부족의 실정을 대비하기 위해서 혼분식을 권장하였다. 교사들은 점심시간에 학생들의 도시락 밥이 쌀과 보리가 섞여 있는 밥인지 점검하여 장부에 표시했고, 주말에 그걸 제출해야 했다. 그걸 내는 날 아침에 미리 표시하여 칸을 채운 장부를 주임 교사에게 보내어 아연실색케 하기도 하였다. 그것은 이를테면 허위 보고서였고 국가 시책에 대한 명백한 도발이었으며 부실한 교육 행위였다.

수첩에 저학년 교실의 시간표를 확인하여 기록하며 복도를 돌아다니기도 했다. 고학년을 담임하였는데, 저학년 교사들은 오전에 수업을 끝내고 오후에는 교실에서 한가하게 보내는 것처럼 보였다. 초임 시절이라 월급은 적고 수업 시간의 노동량은 많은데, 경력이 많은 교사들은 적게 일하고 더 많이 받으니 불공평하다는 생각이 들었다. 이 문제를 해결하기 위한 기초 자료를 만들려는 심산이었다. 그 이후의 행동은 기억나지 않는다. 학교의 일은 단순히 수업 시간수에만 국한하지 않는다는 것을 경력이 짧은 당시에는 인지하지 못했다. 그들은 학교의 다른 중요한 업무를 맡고 있었고, 저학년 수업에서 교사가 들이는 공력은 고학년보다 훨씬 크다는 것을 경험하지 못하여 나온 단견이었다.

이제야 참회록을 쓴다. 옛날 제자의 전화를 받고서야 정신이 난다. 그 철모르던 시절에 교사로 봉직하면서 얼마나 많은 잘못과 실수를 저질렀는지를 더 늦기 전에 고백해야겠다. 나를 좋은 선생으로 추억하는 학생들은 극히 적어보인다. 졸업 후에 나를 찾는 학생 수가 별로 없었으니 매우 자명한 사실이다. 상대적으로 나를 나쁜 선생으로 기억하는 학생이 무척 많을 것이다. 졸업 후에 잊었거나 더 바쁜일로 항의할 틈을 못 내고 있을 뿐일 게다. 동료 교사들도 나를 무능하고 못된 후배로 기억하였으리라. 가르쳤던 학생들과 함께 근무했던 동료 교사들께 무례와 부덕을 사죄하고 싶다. 이미 늦은 줄 안다. 그래도 나를 용서하고 나쁜 기억은 잊어 주기 바란다. 염치없는 일이지만 간절한 마음으로 빌고 싶다. 어수선한 세월에 맞이하는 스승의 날에.

부조리한 생활

나는 넥타이를 매지 않는다. 신사의 지표라 할 수 있는 넥타이를 매지 않으면 정장을 입은 게 아니다. 그런데도 벌써 오래전부터 거의 넥타이를 매지 않고 살아간다. 직장 생활을 하면서 넥타이를 매지 않는 것은 여러모로 보아서 정상이라 보기 어렵다. 물고기가 물에서 살지 않는 것이며, 물에서 살면서도 아가미 호흡을 하지 않는 식이다. 물고기로 살기 어려운 상황에서 견디는 것은 신종 어류로의 변신인 셈이다.

넥타이를 처음 매던 날이 생각난다. 대학의 졸업식에서 가운을 입기 위해서 매달았다. 양복도 변변히 갖춰 입지 않은 상태에서도 가운 밖으로 드러나는 곳에만 보이게 넥타이를 목에 걸었다. 그리곤 얼마 뒤에 취업하여 출근하면서 정식으로 매고 다녔다. 당연히 맬 줄 몰라서 매형에게 방법을 배우기도 했지만 처음엔 그저 신기하고 자랑스럽기도 했다. 겉으로는 당당한 사회의 구성원이 되었으니 이무기의 승천이 아니겠는가.

그런데 얼마 지나지 않아서 넥타이를 매고 생활하기가 여간 불편한 게 아니란 것을 몸이 쉽게 눈치채었다. 속옷도 몸에 끼는 것이 싫어서 사각형의 넉넉한 것을 어린 시절부터 입어온 몸이니 당연한 결과다. 아버지가 사온 삼각 팬츠를 못 입겠다고 한바탕 앙탈을 부리며 단식 투쟁까지 하는 불효도 저질렀다. 신상품으로 아들을 위해 한껏 맘을 쓴 것인데도 막무가내였다. 그 뒤론 헐렁한 옷만 입고 살았는데, 밥줄인 양 목에다 달고 살자니 목줄에 매인 천생 강아지가 될 수밖에. 다른 도리가 없으니 변칙을 쓰며 견뎠다. 느슨하게 풀었다가 조였다가, 눈치를 보아가며 안 매거나 풀어 버리거나 해가면서.

세월도 그냥 흐르는 게 아니었는지 의복 생활에 변화의 바람이 솔솔 불어 왔다. 그것을 마음에 품었지만 단박에 수용할 여건이 아니었다. 별들이 뜨고 지고, 서리가 내렸다 사라지길 여러 번이 지나서야 입어 볼 용기를 냈다. 넥타이를 안 매는 옷차림, 바로 생활한복이었다. 전래 한복은 현대 생활에 조금 번잡스러웠지만, 신식 생활한복은 많은 부분을 개선해 크게 불편하지 않았다. 새로운 나의 스타일로 자리를 잡았다. 가는 자리마다 은근한 시선을 받는 것도 넥타이의 불편함을 감당해 온 보상마냥 달았다.

어느 자리에서건 고유한 나의 스타일로 자리를 굳혔다. 외국 여행하면서도 한두 벌 들고 가 입기도 했다. 여권용 사진에도 썼고, TV 인터뷰에서도 그 차림이었고, 국제 학술대회의 발표 자리에서도 같은 차림이었다. 집에서도 물론 한복을 입고 살았다. 한동안 그렇게 생활한복에 빠져 살았다. 신혼생활처럼 달콤한 나날이었다. 영원할 줄로만 알았던 신혼의 단물도 시간의 마수를 벗어날 수는 없듯이 한 뼘씩 틈이 벌어져 가고 있었다. 몇 차례 빨아 입자 서서히 물이 빠졌던 것처럼 그건 자연의 섭리였다.

한복 차림은 단맛만 나는 과일이 아니었다. 시고 떫은 맛도 있다는 걸 주변의 그들이 보내오는 호기심의 눈가에서 보게 되었다. 남과 다르게 살려고 한다는 건 만용의 주머니를 옷에 달아야 한다. 잘 어울리는 곳에 예쁘게 그 주머니를 다는 것이 욕망의 바느질 솜씨만으로 되는 건 아니었다. 남과의 다름이 별나게 취급되는 건 우리 사회의 오랜 풍습이었다. 따돌림이란 말을 굳이 빌려오지 않는다 해도 함께 어울려 사는 데는 외부의 눈길을 단호히 외면하는 건 한계가 있었다. 한동안 잘 다니던 단골집에 슬며시 발길이 뜸해

지듯 양복으로 귀환하였다.

귀환은 하였지만 그냥 물러서지 않았다. 항복은 하였으되 최대한 유리한 조건으로 협상한 외교가의 솜씨를 흉내 내보았다. 신사복의 정점인 넥타이를 매지 않는 것으로 몸과의 타협을 이끌었다. 불온한 눈길로부터 거리를 두는 대신 목덜미의 자유를 회복한 셈이다. 강경 주장으로 날밤 새우다 쪽박만 차는 정치인들이 타산지석이 되었다. 개똥도 간혹 쓸 데가 있긴 있다. 눈 똑바로 뜨고 귀를 잘 기울이면 뜻하지 않는 곳에서 횡재를 하는 수가 더러 있다. 눈치 빠르면 절간에서도 젓국을 얻어먹는다는 말도 있지 않던가.

그래도 신사복에 넥타이를 매는 경우가 있다. 유일한 경우라면, 부모님의 제삿날이다. 문상을 가거나 예식장에 가는 때도 안 맨다. 양복은 입되 넥타이는 구박하는 이 부조리는 이젠 거의 변하지 않을 것이다. 까뮈만이 부조리의 삶을 그려내는 건 아니다. 나는 생활 속에서 이렇게 당당히 부조리한 삶을 실천한다. 앞으로 야심 찬 부조리를 깰 때가 혹 있다면 아마 애들의 혼례식에서나 있을까, 그 밖에는 결단코 넥타이를 맬 생각이 없다.

방심한 죄

지난 해 새 차를 사고 열흘 만에 사고를 냈다. 운전 미숙이 아니라 순전히 방심한 결과다. 다행히 경미한 사고지만, 큰일 날 뻔했다. 운전 경력 20여 년이 넘었다고 자만한 때문이다. 원숭이도 나무에서 떨어진다는 말이 있는데, 꼭 그 격이다. 세상을 많이 살았다고 실수를 안 하는 게 아니다. 세상살이에서 방심하면 언제든지 사고가 날 수 있다. 그야말로 근신하면서 살아야 한다는 것을 깊이 경험했다. 더욱 조심하면서 살아야겠다.

인생도 60여 년을 살아왔다. 이제 인생의 길을 바꿀 일도 없을 뿐더러 앞날의 삶에 크게 어려움은 없어 보인다. 이게 희망 사항이기도 하려니와 그렇게 인생의 바퀴는 굴러갈 것이다. 그렇다고 방심할 수는 없다. 방심하다가는 어떤 날벼락이 떨어질지 알 수 없다. 그저 매사에 조심하면서 살아가는 게 비책 아닌 상책이다.

　방심해서는 안 될 게 뭔가를 꼽아 본다. 첫째는, 건강이 아닐까? 지금이야 건강에 별 문제는 없다. 그렇다고 무리한 활동을 하거나 소홀히 했다간 병마가 언제 스르르 침투할지 모른다. 경계를 게을리할 수 없다. 둘째는, 금전적인 문제일 것이다. 현재 상태로 만족하거나 체념하고 맞추어 가며 살아갈 일이다. 돈을 더 벌겠다고 새로운 일을 벌이거나 투자의 갖은 유혹에 귀를 열어두면 안 될 거라 마음을 다져본다. 방심하다간 지금보다 악화될 여지도 알 수 없으니, 금전에 대한 욕심을 자제함이 현명하겠다. 셋째는, 인간관계이다. 가족을 포함해서 교우와 사회생활하며 맺은 사람들, 이를 확대하거나 심화시키려 애쓰지 않는 게 좋겠다. 흐르는 물처럼 자연스레 맡기면서 더 가까워지려고 안 하던 짓을 하거나 따로 맘먹을 필요는 없겠다. 분수처럼 자연의 이치를 거슬리려 하다가는 자칫 역풍을 맞을 수 있다. 그냥 이대로가 좋다 생각하고 처신하는 게 옳겠다.

　고대하던 완료 추천을 지난겨울에 통과했다. 수필 작가로서 맘껏 글을 쓰고 발표할 수 있게 되었다. 운전과 달리 이제 새로운 작가로의 길을 가기 시작했다. 작가가 되었으니 문학사에 길이 남을 명문을 써보겠다고 이제부터 날밤을 새거나, 작가로서 사명감에 불타올라 매사에 신경을 곤두세우고 과거와는 다른 삶을 살려고 할지도 모른다. 이뿐 아니라 문학상을 받아보겠다고 넘치는 의욕으로 글만을 생각하며 다른 것을 놓아버릴 수도 있다. 그런데 이럴 때일수록 더욱 조심해야 한다. 이제 겨우 등단했고 수필집 한 권 달랑 냈을 뿐인데, 운전처럼 방심하다간 언제 어디서든지 사고를 낼 수 있다. 작가로서는 방심하지 않도록 명심하며 글을 쓰고 싶다. 사고 흔적이 남아 있는 차를 볼 때마다 되살려 본다.

일주일

학창 시절에는 일주일이 한없이 느리게만 느껴졌다. 아마도 공부하기에 싫증나서 그랬을 터이다. 일요일이 무척 기다려지는 하루하루였다고 기억한다. 일주일이 천천히 가는 것은 따분한 일과가 반복되던 직장 생활에서도 마찬가지였다. 이런 느낌은 나만이 아니라 일반적인 경향에 가깝다. 특히 휴일 다음의 출근 날엔 누구나 얼른 일주일이 지나가길 바랄 것이다. 딸애의 피곤한 푸념을 듣는 때가 바로 이날인 것을 보면 누구에게나 비슷한 느낌이란 생각이다.

그런데 이와 달리 요즘의 나에겐 일주일이 무척 빠르게 지나가는 것처럼 느낀다. 왜 그런지 곰곰이 헤아려 보다가, 아하 일주일을 만들어 놓아서 그렇다고 나름으로 결론 내렸다. 왜 일상생활의 반복을 7일 단위로 순환하게 하였는지, 다른 순환은 없는지 궁금해졌다.

7일의 간격을 두고 순환하는 생활은 잘 알다시피 기독교 문화에서 비롯한다. 구약 성경의 천지창조에서 6일간에 걸쳐 세상이 창조되었고 7일째에 쉬는 것으로 되었다. 이런 인식은 언제부터 세상에 고착되었을까? 이제는 달력에 일주일 단위로 한 해의 날들이 정리된 것을 우리는 친숙하게 여긴다.

하루의 간격과 한 달, 한 해의 순환은 자연현상과 관계가 있다. 해가 뜨고 진 뒤에 이것이 반복하는 시간이 하루가 된 것이고, 우리는 학교에서 이걸 자전이라고 배웠다. 지구의 공전이 일 년이 된 것이고, 달이 차고 이지러지는 간격이 한 달이 되었다. 이처럼 하루, 한 달, 일 년은 지구와 태양과 달의 자연 순환과 관련이 되는데, 한 달, 한 해를 일주일 7일 단위로 나눈 것은 서양 기독교 문화에 근거한다.

서양의 문화가 수입되기 전에는 이러한 일주일 간격의 생활 반복이 없었다. 그전에 사용되었던 생활과 관련된 시간 단위로는 한 달을 셋으로 나누어 열흘 간격으로 초순, 중순, 하순이 있었고, 달이 뜨고 지는 시간을 재서 15일을 한 단위로 삼아서 일 년을 24절기로 구분해 각각 명칭에 따른 여러 자연 현상을 농경 생활의 주요 기준으로 삼아 살아왔다.

이렇던 것이 근대화와 함께 서양 문물이 일제를 통해 강압적으로 침투하면서 조상들의 생활 패턴과 다른 일주일이 우리에게 강요되기 시작하였다. 그것이 계속 이어지면서 이제는 일주일이란 시간 단위에 맞추어 생활이 이루어지고 있다. 도시 문명이 일찍이 발달한 서양의 생활을 모델로 삼아 주거 문화, 음식 문화, 의복 문화 등 전방위 서양화가 된 마당에 이 일주일로 시비를 한다는 것 자체가 희극이지만, 이게 내 생활에 문제를 끼치는 것은 이와는 다른 문제다.

　　일주일 단위로 학교에 가는 것을 익히며 살았고, 사회에서도 역시 그 단위로 직장에 다녔다. 일주일이 내 모든 것을 지배하는 삶을 이제껏 살아온 셈이다. 이런 반복의 삶이 자연 순환에 맞지 않으니 쉬이 피곤하고 힘든 것은 아닌지 모른다. 쉬는 휴일이 7일 단위로 오니 좋다고 생각할지 모른다. 10일 단위보다 짧으니 좋지 않겠나 생각할 수도 있다. 그렇지만 7일 단위로 다시 일터에 나가서 일을 해야 하는 것도 같은 반복이다.

　　반복은 지루하게 느껴진다. 자연에 의한 하루의 반복은, 달에 의한 한 달의 반복은, 태양에 의한 일 년의 반복은 우리 생체의 자연 리듬에 맞추어 문제가 없다. 그런데 인위적으로 7일 단위로 반복하는 것은 자연에 맞추는 것이 아니라 한 문화에 의한 인위적인 반복이니 내 몸이 더욱 피로를 느끼게 된다. 그 빠름에 대해서 이젠 몸이 반응하는 것이리라.

　나이가 들어가니 세월이 무심하게도 빠르게 지나간다. 이것이 7일 단위로 돌아가니 더욱 그렇게 느낀다. 만일 10일 단위로 돌아간다면, 아니 15일 단위로 돌아간다면 그 세월의 순환감각이 조금 무뎌져 느리게 인식되지 않을까? 현대는 농경사회가 아니라 산업 문명사회가 되었으니 자연의 순환에 맞추어 살 수는 어렵게 되었다. 고달프게 돌아가지만 이것을 어찌할 수는 없는 일이다. 사람이 살아가면서 일하는 것과 놀거나 쉬는 것의 적당한 간격은 얼마일까? 일반적인 것과 개인적인 경우라 차이는 있겠지만 합리적이고 생체의 리듬과 맞는 것은 없을까 궁금하다.

　세월이 빠르게 인식되는 인생 후반기에 드니, 괜히 일주일의 7일 주기까지 시비하게 된다. 나이를 먹고 세월이 가는 것의 의미를 자신의 삶에서 찾지 않고, 세월을 단위로 나눈 것들에 대한 데서 문제를 찾아 외향적인 답을 찾아내 보려는 내 심사가 한편 서글프다. 오는 백발을 가시로 막으려 했더니 제 먼저 알고 지름길로 오더라는 옛시조가 생각나는 것을 어쩔 수 없이 인정해야 하는가 보다.

여행 가방

　　　　　　　가방이 무척 크다. 작은 몸피의
여자인데, 그걸 들고 계단을 오르는데 많이 힘겨워 보인다.
다가가서 그걸 들어 주었다. 나에겐 그리 힘들지 않은데,
그녀에게는 꽤 벅차 보인다. 당연히 여행에 필요한 것을 담
았겠지만 그만큼 큰 가방이 필요한지 의문이 날 때가 종종
있다.

　여행할 때 나는 가방도 작고, 그 안도 비어 있는 공간이
있을 만큼 짐을 가능한 적게 꾸린다. 그러면 저층의 숙소는
엘리베이터를 기다리지 않고 가방을 들고 계단으로 오르내
릴 수 있고, 이동하는 데도 아주 편리하다. 그렇다고 필요
한 물건을 안 가지고 온 것은 아니다. 여행하는 데 특별한
불편이 없도록 중요한 것은 챙긴다. 다만 내 집이 아니니 결

코 양보할 수 없는 필수적인 것만 챙긴다. 일기장과 틈틈이 읽을 책, 카메라와 갈아입을 최소한의 옷가지 등등. 해서 짐 때문에 별달리 힘들 것은 없다.

여자는 의상과 외모에 신경을 많이 쓰니 그럴 수도 있다. 옷맵시 자랑도 아니고 패션쇼는 더욱 아닌데, 함께 여행해 보면 여자들은 대체로 여러 종류의 옷을 준비해 가지고 와서 그것을 날마다 갈아입는다. 자주 보게 되는 사람의 눈을 즐겁게 하려고, 그런 눈요기의 선행을 베푼다고 보면 감사한 일일지 모른다. 그것도 자발적으로 나서서 그러하니 그 봉사 정신에 경의를 표해야 한다는 생각이 잠시 들기도 한다. 그러면서도 고개가 갸웃거려지는 건 왜일까?

그러나 여행지의 숙소를 옮길 때마다, 그 무거운 가방을 옮기면서 힘들어하는 것을 보면 왠지 보기가 거북하다. 대체로 다른 사람들은 각자의 짐을 챙기느라 그런 것에 관심을 두지도 않고 무심하다. 나만 그런가, 이런 장면을 볼 때마다 도와주지 않으면 켕기다 못해 애처로운 생각이 들기까지 한다. 그렇다고 함부로 나섰다가는 괜한 오해를 살 수도 있으니 조심스럽다. 여자에게 과잉(?) 친절을 베풀다가 타인의 눈총을 받을지 알 수 없다. 사람들은 으레 자신이 하지 않는 일을 남이 하면 색안경을 끼고 보기 십상이니 약간의 인내와 경계가 필요한 것도 사실이다.

여행 가방만이 아니다. 자신이 감당하지 못할 것을 가지려고 애쓰는 사람을 심심치 않게 만난다. 아니면 소유하기는 하지만 그것을 지키고 관리하느라 많이 힘들어하는 것도 역시 적잖이 보게 된다. 인간은 욕망의 동물, 그 욕망 추구에 누구라도 예외는 없다. 그렇다 해도 어느 정도 자신의 힘으로 제어 가능한 정도의 욕망에 한정해야 하지 않을까? 철모르고 생떼를 쓰는 젖먹이 아이도 아닌데, 그런 욕망의 집착에 매여서 허우적대는 사람을 보면, 큰 가방 때문에 낑낑거리는 여인처럼 지켜보기가 안쓰럽다.

우리네 인생도 마찬가지 아닐까? 힘에 겨운 큰 가방을 들고 여행을 다니는 사람처럼, 욕망의 크기를 한없이 키워서 나날을 힘겹게 끌고 다니는 삶을 여럿 본다. 자신의 힘으로 조절할 수 있는 나에게 적당한 가방에 필요한 짐을 꾸려 담는 삶을 사는 게 좋지 않을까? 각자 인생의 크기를 정확히 알려고 하기보다, 타인을 의식해 외양에 치중하여 힘겨운 가방을 끌고 다니느라 세상살이가 더 괴로운 것은 아닌지 모른다. 욕망을 줄여 작고 가벼운 것을 들고 다니면 더욱 행복한 인생 여행이 되지 않을까?

방민(方旻), 수필가
〈에세이 문학〉 추천으로 등단
수필집 〈방교수, 스님이 되다〉

본명 방인태(方仁泰), 서울교육대학교 교수

미녀는 하이힐을

초판 1쇄 인쇄   2015년 12월 5일
초판 1쇄 발행   2015년 12월 15일

지은이   방민
펴낸이   지현구
펴낸곳   태학사
등 록   제406-2006-00008호
주 소   경기도 파주시 광인사길 223
전 화   (031)955-7580~1(마케팅부) · 955-7587(편집부)
전 송   (031)955-0910
전자우편   thaehak4@chol.com
홈페이지   www.thaehaksa.com

값은 뒤표지에 있습니다.

ISBN 978-89-5966-729-1 03810